KB074687

# 괜찮다고
# 말하기
# 전에

괜찮다고

말하기

전에

당신의 오늘은 괜찮을 거예요

______________________ 에게

## 프롤로그

*"시작할 용기. 될까 말까를 생각하면 시작할 수 없다.*
*'될 때까지 한다'는 마음으로 시작해라."*

"글 써서 먹고살고 싶다." 푸념처럼 건넨 말에 애인은 심드렁하게 답했다. "요즘 세상에 그러기 힘들지." 그 말에 나는 아무 대답도 하지 않았지만 순간 두 가지 마음이 공존했다. 그의 말에도 어느 정도는 일리가 있다는 동의와 '그건 모르는 일이야.'라는 반항심.

나는 그 후에도 계속 글을 썼다. 글을 쓰며 매일 새로운 도전을 하고 있던 내게, 엄마는 조언했다.

"기대를 너무 크게 하지는 마. 기대를 너무 많이 하면 실망도 큰 법이야." 그랬다. 엄마의 생각처럼 나 역시 단번에 성공하고 싶다는 생각을 한 것은 아니었다.

하지만 글 쓰는 것을 멈출 생각은 없었고, 이 열정을

가진 채 포기하지 않고 가다 보면 분명히 언젠가는 내가 그리는 큰 그림이 펼쳐지리라는 확신을 가졌을 뿐이다. 나는 웃으며 이렇게 말했다. "이번에 잘되지 않으면 다음에 되겠지, 뭐. 걱정 마. 내가 될 때까지 할 테니까."

당신 역시 그러하다. 불가능할 것만 같은 목표도, 남들이 가지 않은 길을 선택했다 하여도 이 책을 통해 말하고 싶었다. 시작할 용기를 내라고, 남들에게 응원받지 못한 길이라도 내가 응원하겠다고. 세상은 괜찮은 일보다 괜찮지 않은 일들이 더 많고, 괜찮지 않다는 말보다는 괜찮다고 답해 주기를 바랄지도 모른다.

괜찮다고 말하기 전에, 이 책의 수많은 질문 속에서 당신의 마음을 찾기를 바란다.

*수많은 질문 속에*

*서 있는 당신에게*

고매력

괜찮다고

말하기

전에

PART 1

# 일은 지치고,
# 공부는 힘든 순간에

실수하지 않는 것은 목표가 될 수 없다. 애초에 이루는 것이 불가능하기 때문이다. 현명한 목표란, 크고 작은 실수와 실패를 딛고 올라가 자신의 최대치에 닿는 것. 그렇게 평생토록 나를 완성해 가는 것이다.

## 쉽게 약해지는 의지

**뭘 시작해도 금방 포기해요.**

평소에 의지가 약하고 모든 것을 쉽게 포기하는 경향이 있다면 스스로에게 '포기시키는 말'을 자주 하지는 않는지 자신을 돌아볼 것.

나를 위축시키고 주눅 들게 하는 말의 예로는 "어차피" "~해 봤자" "내가 무슨" 등이 있는데, 특히 스스로에 대해서 물음표를 던지는 것 자체가 사람의 의욕을 꺾고 쉽게 포기하게 만드는 일이야.

'내가 할 수 있을까?' '이게 맞는 길일까?' '잘하고 있는 걸까?' '계속 해도 괜찮을까?' '내가 될까?' '헛된

희망이지는 않을까?' 이런 의문을 가지는 순간, 갑자기 자신감이 떨어지고 불안해지는 기분 느껴 본 적 없었니?

스스로에 대해 의문을 갖는 일은 나를 자기 불신에 빠지게 만들 뿐, 앞으로 나아가는 추진력을 주지는 않아. 그러니 내 인생과 미래에 대하여 물음표를 던지는 것을 멈추고 지금 할 수 있는 일에 최대한 집중해야 해.

앞으로는 '내가 할 수 있을까?'와 같은 의문이 무의식 중에 드는 순간 그걸 잡아내는 연습을 해. '아, 또 나를 불신하는 말을 스스로에게 하고 있구나. 의문을 가지기 시작하면 또 자신감을 잃고 움츠리게 될 거야.'라고 깨달을 수 있도록. 그리고 거기서 멈춰야만 다시 의지를 다지고 앞으로 나아갈 수 있어.

## '누구보다'
## 잘나고 싶은 마음

남들보다 열심히 한다고 한 것 같은데
생각처럼 잘되지 않아서 속상해요.

●●●

본인 스스로가 원해서 하는 노력이 아닌 남에게 뒤처지지 않기 위한 노력에는 한계가 있기 마련이야. 그래서 그 모든 과정이 힘들고 지치고 버겁다고 느끼게 되지. 누구보다 잘나기 위한 게 아니라, 비록 남들보다는 못하더라도 내가 하고 싶은 것, 오직 나를 위한 것에 집중해야 해.

나를 즐겁게 하는 것, 몰입하게 하는 것, 더 나은 사람이 된다고 느끼게 만드는 것. 타인과의 비교를 내려놓고 정직하게 스스로를 마주해 봐. 타인과의 비교는 수도꼭지를 잠그듯 한순간에 멈춰지는 게 아니야. 의식적으로, 필사적으로 멈추기 위해 노력해야 하는 거지.

남들보다, 혹은 남들만큼 잘살고 싶은 마음에 비교를 하는 거지만 사실은 그 행위가 내 정신을 갉아먹고, 삶의 질을 망가뜨리고 있다는 사실을 깨달아야 해.

자연스럽게 타인과의 비교를 멈추게 되기까지는 '아, 내가 또 비교를 하고 있구나. 이건 스스로를 더 괴롭게만 할 뿐이야. 비교는 내 인생을 조금도 더 나아지게 만들지 않아. 나는 나를 괴롭게 하지 않을 거야. 내 삶을 아끼니까.'라고 수도 없이 다짐을 해야 할 거야.

## 실패를 과정으로 여기고
## 앞으로 나아가는 법

**실패할 게 두려워서 도전이 망설여져요.**

기대와는 달리 결과가 실망스러울 때, 그것을 실패로 받아들이는 사람은 그저 좌절만 하지. 하지만 실망스러운 결과가 따랐을 때도 다음을 기약하는 사람은 앞으로, 성공으로 나아간다.

나 역시 누구보다도 실패가 두렵고 불안한 사람이었어. 사소한 거절, 거부조차도 감당이 안 돼서 견딜 수가 없었지. 받아들여지지 않는다는 것 자체에 거부감을 심하게 느꼈던 거야.

친구들과 지인들이 "아라야, 너는 글을 써 봐."라고

말해도 "에이, 나 정도로는 안 돼. 내가 어떻게…"라고 말하기 일쑤였어.

인스타그램에 글을 올리기 시작한 초창기 즈음에는 사람들의 피드백에 꽤나 신경을 썼어. 어떤 글을 올렸을 때 반응이 좋지 않거나 긍정적인 피드백이 오지 않으면 생각에 잠겼지. '역시 나는 글을 쓰면 안 되는 건가, 괜히 시작했나. 지금도 이렇게 반응이 좋지 않은데 어떻게 글로 유명해질 수 있겠어.'

성공이 보장되지 않는 일에 뛰어들고 싶지 않았던 건, 실패했을 때 느껴질 좌절감을 감당할 자신이 없었기 때문이야.

하지만 이제는 내가 해낸 일에 어떠한 결과가 주어지더라도 그 결과에 좌우되지 않고 내 갈 길을 계속 가는 것을 목표로 한다. 그렇기 때문에 곧바로 뒤따르는 결과가 다소 실망스럽더라도 그것을 과정으로 여기고 다음 단계로 나아갈 수 있지. 나는, 실패가 실패할 때까지 실패해 보기로 결심했으니까.

## 불만스러운 상황에서 의미 찾아내기

통학 시간이 너무 오래 걸려서
그 시간들이 무의미하게만 느껴져요.

아가, 언니는 대학 다닐 때 집에서 왕복 6시간 거리를 다녔단다.

거의 지하철에서 시간을 보내야 했기 때문에 오가는 와중에 계속 책을 읽고 공부를 했어. 물론 고단했고 살이 쭉쭉 빠졌고 가끔은 피곤해서 울기까지 했지만, '왜 이렇게 먼 거리를 다녀야 하지?'라는 불만을 가져 본 적은 없었지. 의미 있는 일을 찾아서 하곤 했으니까.

심지어 전공도 나랑 맞지 않아서 재미가 없었어. 아무 생각 없이 성적 맞춰서 과를 선택했거든. 그렇게 대학을 계속 다니다가는 '내가 왜 이러고 있나, 이걸 배워서 뭐하나' 하는 생각이 들 것 같아서 독학으로 영어 공부를 하기 시작한 거야. 친구도 없이 혼자 다녔지만 재미있고 뿌듯했어. 내가, 그리고 영어가 성장하는 과정을 즐겼으니까.

고단하고 힘이 들더라도 그 안에서 의미를 찾아낼 방법은 무조건 있다는 뜻이야. 네가 굳이, 애써, 공을 들여, 찾는다면 말이야.

## 사회생활에서
## 욕먹기를 두려워하지 않는 법

상사들이 일하는 걸 보면 주눅이 들어요.
간단한 보고서도 지적당할까 봐 몇 시간에 걸쳐 쓰게 되고,
또 발표를 할 때는 긴장해서 표현 전달을 잘 못하게 돼요.
능력이 한참 부족한 것 같아 스트레스를 받습니다.

●●●

네가 지금 지레 겁을 먹은 거거든? 나보다 이미 경력이 많고 한참 앞서가는 사람들이랑 비교하니까 상대적으로 너무 부족해 보이고, 못나 보이지. 그래서 욕먹을까 봐 두려운 거야.

배워 나가는 과정에서 혼란스럽고 효율성이 떨어지는 건 당연한 일이야. 그런데 그걸 '내가 못나서'라고 해석해 버리면 결국 자신감을 잃게 되고, 눈치를 보면서 효율성이 계속 떨어지게 되는 거야.

내게도 그런 시기가 있었지. 남 눈치 더럽게 많이

보고 스스로에게 자신도 없던 때였어. 회사에 취직은 했는데 문서 작성 하나가 그렇게 어려운 거야. '이 일을 내가 할 수 있을까? 기본적인 문서 작성 하나도 제대로 못하는데…' 보고서를 올렸다가 상사한테 까일 게 두려워서 전송도 못 하고 괜히 만지작만지작.

'아직 이 일에 미숙하니, 이런 시기가 있는 게 당연하다'는 것을 받아들이지 못했었어. 그냥 당장에 어떤 실수도 하지 않았으면 좋겠고, 혼날 일도 없었으면 좋겠다고 생각했지. 업무적으로 혼이 나면 '아, 그래. 이걸 이렇게 고쳐야겠구나. 다음엔 다르게 해야겠구나.'가 아니라 '나 일 못한다고 생각하겠지? 괜히 뽑았다고 생각하면 어쩌지?'라고 생각해 버리니까 자신감이 계속 떨어졌지.

'난 지금 이걸 제대로 못하는 게 당연한 거야. 경험이 없으니까!'라고 받아들여. 그리고 '까이면 까이자! 조금씩 고치다 보면 발전하겠지.'라고 다짐하고. 조금도 혼나고 싶지 않다고 생각하면 죽도 밥도 안 된다. 책잡힐 일을 하지 않는 게 정답은 아니야. 처음부터 그럴 수 있는 사람은 없어. 책잡힐 것을 각오하라는 말이야.

발표 문제는 문서 작성과 비슷한 맥락이야. 까일 게

두렵다고 눈치를 보기 때문에 '어떻게 하면 좀 덜 혼날까, 어떻게 하면 쓴소리를 덜 들을까' 이런 생각만 하면서 준비를 했을 거란 말이지? 그래서 효율성이 떨어지고 발전이 없었을 거야.

덜 혼날 생각만 하지 말고 그 발표 주제에 대해서 네가 어떻게 생각하는지, 너의 의견이 어떤지에만 집중해서 준비해 봐. 여기서도 '나는 아직 미숙하기 때문에 어차피 혼날 수밖에 없는 부분이 있을 거다. 혼나면 잘 혼나고, 배우자. 성장하자.' 라고 각오하고.

## 의욕을 불러일으키는 말의 중요성

일을 그만두고 원하는 걸 해 보려고 했지만
무엇도 오래가지 않네요.
이러다가 쭉 백수가 되진 않을지 걱정도 되고,
제가 뚱뚱하고 못난 것 같아 친구도 만나기 싫어요.
'해야지, 해야지…' 하면서도 왜 집중이 되지 않을까요?

●●●

회사를 그만두고 의욕 있게 살아 보려고 노력한 건 참 기특해 보이는데, 얼마 못 가 의욕이 떨어진 건 네가 의욕 떨어지는 말을 스스로에게 하기 시작했기 때문이야. "뚱뚱해. 못났어. 연애도 못 할 거야. 다들 잘 사는데 나만 초라해…"라는 말을 하니까, 기운이 나니?

너, 마음잡고 시험공부 딱 시작하려고 책상에 엉덩이 붙이자마자 부모님이 방문 열고 들어와서 "너는 공부도 안 하냐? 도대체 누굴 닮아 가지고 그렇게 한심하냐, 커서 뭐가 되려고 그러냐, 앞날이 캄캄하다." 이런 말 하면 의욕이 떨어져, 안 떨어져? 하려던 공부도 하기 싫어지고, 짜증 나는데 그냥 다 때려치우고 나가 놀고 싶어지는 기분 못 느껴 봤니? 근데 반대로 엄마가 토끼 모양으로 사과 예쁘게 깎아서 "먹어 가면서 해, 기특한 내 새끼"라고 쓰담쓰담 해 주고 나가 봐. 기운이 나, 안 나? 스스로에게 하는 말도 똑같은 원리야.

내가 우울증으로 자빠져 있을 때 늘 속으로 했던 말들이 이랬어.

'한심해. 끈기도 없고, 체력은 또 왜 이렇게 약해 가지고, 그래서 어떻게 돈 벌어먹고 살래? 시집이나 가든가. 감정 기복은 또 왜 이렇게 심해, 누가 옆에 붙어 있겠어. 평생 혼자 살 거야. 근데 돈도 못 버는 게 어떻게 혼자 살래? 진짜 도저히 어떻게 살아가야 할지 모르겠어…'

기운이 날 수가 있었겠니?

지금은 뭘 하더라도 그 끝에 무조건 나를 칭찬하고 격려하는 말을 해 준다. "너 오늘 글 쓴 거 진짜 맘에 들어. 잘했어. 잠까지 줄여 가면서 영어 계정 관리도 한다고? 넌 진짜 최고야." 어때, 기운이 안 날 수가 없겠지?

## 실패에 대한
## 두려움을 줄이는 법

**이력서를 여러 군데 넣었는데**
**연락이 안 와서 불안하고 두려워져요.**

●●●

'떨어지면 어떡하지?'라고 생각하면서 이력서를 넣으면 계속 두려울 거야. 긍정적인 결과를 바라는 마음만 너무 크다 보면 실패에 대한 두려움도 커지는 법이지.

반대로 실패하는 과정까지 미리 염두에 두면 오히려 도전 의지와 의욕이 생겨나기도 해. '이건 어차피 떨어질 수도 있다. 내가 뭔데 고작 이걸로 실패를 운운하나! 나는 잘 떨어지는 연습을 할 거다. 안 떨어지는 날까지 열심히 떨어져 보자!'라고 마음을 한번 바꿔 봐. 어떤 변화가 생기는지.

## 직장 생활에서
## 인정받고 싶은 마음

**직장에서 인정은 받고 싶은데**
**생각처럼 안 돼서 자존감이 낮아져요.**

시작이 틀렸어. '인정받고 싶다.'는 생각으로 시작을 해서는 안 돼.

나도 학원 일을 하면서 초반에는 '잘 가르친다는 소리를 듣고 싶다. 인정받고 싶다.'라는 생각을 많이 했었어. 그러다 보니까 상사의 눈치를 많이 보게 되더군.

'아이들을 얼마나 효율적이고 효과적으로 가르치느냐'에 집중하기보다 '원장님이 원하는 방식에 얼마나 잘 맞추고 있는가'에 신경을 쓰고 있더라고. 밉보이고 싶지 않았으니까. 하지만 그런다고 해서 딱히 일의 효율성이 늘지는 않았지. 정해진 틀에서 벗어나지 않았을 뿐.

어느 날부터인가는 상사에게 잘 보이고 싶다는 마음을 다 내려놓고 아이들을 가르치며 '내가 할 수 있는 최선'에 대해서 연구하기 시작했어. 그러자 더 쉽고 편하면서도 효율적으로, 심지어 재미있게 가르칠 수 있는 기술들이 생겨났지. 더불어 원장님께도 좋은 평가를 받기 시작했어.

그가 원하는 방식을 그대로 따르지 않고 내 방식대로 규율을 유연하게 바꾸긴 했지만, 성과가 좋기 때문에 크게 터치하지 않더군. 오히려 '영리하게 일을 잘한다.'는 칭찬을 들었지.

'내가 지금 하고 있는 일을 어떻게 하면 조금 더 편하게, 수월하게, 유연하면서도 효율적인 방법으로 할 수 있을까'를 우선적으로 연구해. 그러다 보면 자연스럽게 일의 효율성은 오르게 돼 있어. 인정은 그 다음에 따라오는 거야. 인정을 목표로 두고 쫓아가는 게 아니라.

## 끈기 없이 일을 그만두는 스스로에 자책이 들 때

일하는 곳마다 금방 그만 두게 돼서 걱정입니다.
나름대로 이유가 있어서 그만뒀는데
부모님께서는 이해를 못 하시고 타박만 하세요.
저만 이러는 걸까요?
어딜 가도 마음을 잡지 못할까 봐 겁부터 납니다.

●●●

이 문제에 대해서는 먼저 끈기와 인내에 관한 이야기를 해야 해.

보통은, 특히 부모님 세대 분들은 끈기와 인내를 엄청난 미덕으로 생각하는 경향이 있기 때문에 일자리를 금방 그만두는 것에 대해서 곱지 않은 시선을 보내는 거야. 왜, 옛날에는 웬만하면 그냥 다 참고 살았잖아. 하지만 많은 가능성과 비교 대상이 존재하는 지금, 우리 시대에는 '그냥 참고 사는 것'이 너무 어려운 일이지.

그리고 또 한 가지 중요한 것은 각자가 소중하다고 느끼는 가치가 다르다는 점이야. 예를 들어 '돈, 물질적으로 안정된 삶'이 가장 큰 가치라고 생각하는 사람은 조금 부당한 대우를 받더라도 따박따박 통장에 찍히는 월급을 보면서 인내할 수가 있어. 왜? 내가 중요하다고 생각하는 가치를 지켰으니까!

그런데 돈이나 물질적 풍요로움보다 다른 것에 더 높은 가치를 두는 사람들도 있지. 나는 돈을 더 버는 것보다 '내가 인간적으로 존중받는 것, 적절한 대우를 받는 것, 실수하는 부분에 대해서는 혼이 나더라도 잘하는 부분에서는 제대로 인정을 받는 것' 등이 중요해.

그래서 무조건 나를 깎아내리거나 돈 좀 준다고 유세를 떨며 부려 먹는 사람 밑에서는 일을 못 해. 그것 때문에 직장을 몇 번이나 바꿔야 했게? 나도 그때는 자책을 많이 했다. '왜 나는 끈기가 없어서… 왜 나는 그런 걸 못 참지?' 지금은 답을 알지. 참을 수가 없으니까! 나는 나에게 중요한 가치를 지켜야 했던 거야.

또한 나는 자유를 포기할 수 없는 사람이야. 숨 막히는 삶을 못 참지. 새벽부터 밤늦게까지, 때로는 주말까지 바쳐서 시간을 쏟아야 하는 일은 아무리 돈을 많이 준다고 해도 하고 싶지가 않아.

그런데 주변에서는 다들 대기업에 들어가라는 거야. 무조건 서류라도 넣어 보라고. 나는 수입이 적더라도 근거리에 짧은 근무 시간을 원하는 사람인데 말이지! 그래서 '서류 넣어 봐. 어디 어디에 공채가 있다더라.' 하는 말만 들어도 숨이 턱턱 막혔었어. '남들 다 못 가서 안달인 곳을 왜 나는 시도도 하기가 싫을까…' 그에 대해서도 자책을 했지. 왠지 나는 사회 부적응자 같고. 왜 쓸데없이 반항심만 강한지도 모르겠고 말이야.

하지만 현재 학원에서 근거리에 짧은 근무 시간으로 일하니까 나머지 시간에 운동하고 글도 쓰고 얼마나 행복하게 잘 살고 있는지 몰라. 그냥, 이게 내 라이프 스타일인 거지.

그러니까 끈기와 인내의 문제에 대해서 '나는 왜…' 라고 생각하면서 자괴감, 자책감을 느끼고 있었다면 멈춰. 나에게는 그들과 다른 나만의 가치관이 있다는 것을 제대로 인지하고 받아들여. 네가 잘못된 것이 아니야. 다른 것뿐이야.

너의 부모님 역시 끈기와 인내, 그리고 돈과 경제적 안정성을 큰 가치로 두고 계시기 때문에 너의 행동을 이해하지 못하시고 타박하시는 걸 거야. 그건 당신들의 가치관이고 믿음이란다. "빌어먹고 살더라도 제 인생은 제가 책임지겠습니다. 손 벌리지도, 책임져 달라고 부탁드리지도 않을 테니 제 인생은 제가 알아서 살게 두세요."라고 강단 있게 얘기해.

네가 살면서 겪는 스트레스, 우울감, 자괴감, 고뇌와 번뇌, 무력감, 회의감, 자살 충동까지 전부 다 대신 느껴 주고 감당해 줄 것 아니면 네 인생에 대해서 그 누구도 이래라저래라 하지 말라고 해. 그럴 자격 아무도 없으니까.

## 확실한 미래

제가 하려는 일이 남들처럼 평범하고
소소하게 살 수 있는 종류의 일인데,
미래가 불확실하다는 단점이 있어서 고민입니다.

애야, '확실한 미래' 같은 건 애초에 없어. 어디에도 없어. '어디엔가 있지 않을까?' 하는 의문도 모두 접어. 그 생각이 너한테 도움 될 게 없어.
네가 다른 길을 선택하면 확실한 미래를 얻게 될 것 같니? 천만에. 삶은 인간에게 그렇게 호락호락하게 안정감을 선사하지 않아.

'합격, 취업, 승진, 결혼' 등의 특정 이벤트가 삶의 안정성을 보장한다는 믿음이 있으면 시야가 좁아지고, 그

것에만 매달리게 된다. '무엇을 선택하든 인생은 어떻게 될지 모르는 거야.'라는 마인드로 살아야 겁대가리 없이 다양한 선택을 할 수 있어.

나는 사람들이 말하는 삶의 '안정'을 믿지 않아. '안정적인 척하고 사는' 사람들이 있을 뿐이라고 생각하지.

## 번아웃 되지 않도록 나를 지키는 법

**바쁘게 열심히 살아야 한다는 강박에 사로잡혀서 그런 건지 하루하루 살아가는 과정이 즐겁지가 않아요. 번아웃 될 때 어떻게 마음을 다잡아야 할까요?**

●●●

뭐든 너무 급하게 하지 마. 숨도 돌려 가면서 자신의 페이스를 유지해야지. 스스로를 너무 몰아치면 번아웃이 되는 거야.

네 안에 있는 아이도 사소한 것부터 하나하나 배우고 적용하면서 적응해 갈 시간이 필요한 거야. 스스로에 대해서 강요하거나 강박을 가지면 본인 감정을 살피는 것을 간과하고 겉으로 보이는 성취에만 초점을 맞추게 돼. 감정적으로 한순간 지쳐 버리게 되지.

나는 무엇을 하더라도 내 마음이 '이거 하고 싶어!' 라고 원하기 때문에 하는 거지, 그 어떤 것도 강요하지 않아. 그러니까 많은 일을 해내도 지치지 않는 거야.

너는 항상 네 편이어야지. 네 감정이 우선이어야지. "무엇을 해도 좋고, 무엇을 하지 않아도 좋아. 이 순간 네가 원하는 걸 해."라고 스스로에게 말하는 습관을 들여 봐.

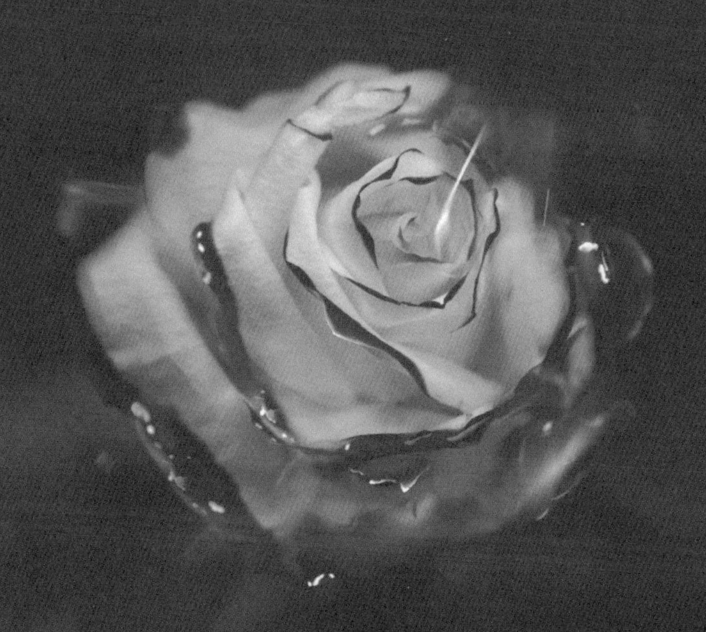

## 좋아하는 것을 찾는 방법

**집중할 수 있는 뭔가를 만들고 싶은데,
딱히 좋아하는 게 없어요.**

지금껏 좋아하는 게 딱히 없었다는 건 아마 네가 충분히 관심을 기울이지 않았기 때문일 거야.

어릴 때는 세상 모든 게 다 궁금하고 알고 싶은데 어른이 되면 안 그렇거든. 기꺼이 에너지를 들여가면서까지 무언가에 관심을 기울이지 않아. '굳이…'라고 생각하게 되지. 이미 다 안다고 생각하는 것도 있고, 귀찮은 거야.

그냥 애초에 자극적이고 나를 확 끌어당기는 무언가가 있으면 그것만 추구하려고 하지 애를 써서, 시간과 노력과 감정을 투자해서, 관심을 보이고 물음표를 던지고 답을 찾으려는 사람은 별로 없어. 생각만 해도 귀찮잖아. 머리를 많이 써야 하는 일이거든. '이건 왜 이럴까? 이걸 어떻게 다른 관점에서 볼 수 있을까? 어떻게 하면 남들이랑 다르게 사용할 수 있을까?' 등의 생각을 계속 해야 하니까.

굳이 수고롭게 저 과정을 다 거쳐서 무언가를 알아가고, 발전시키려는 사람은 별로 없다. 그러니까 무엇 하나에도 제대로 빠지지 못하는 거야. 좋아하는 것을 찾고 싶다면 먼저 진심 어린 관심을 보여야 해.

PART 2

# 괜찮지 않은
# 나에게

나를 무너지게 만드는 요소들은 사방에 널려 있다. 그러나 잊지 말아야 할 한 가지. 다시 일어날 힘은 언제나 내 안에 있다는 것이다. 이제 조금 더 용기를 내어, 자신을 믿어야만 한다.

## 변화를 위해 가장 먼저 해야 하는 일

**변하고 싶어요. 달라지고 싶어요.**

네가 정말 변하고 싶다면 필수적으로 거쳐야 하는 단계가 있어.

1. 능동적으로 변하겠다고 결심할 것.
   그 무엇에도, 그 누구에게도 의존하지 않고 스스로 변화하겠다고 다짐할 것. 다른 누군가가, 다른 무언가가 너를 변화시켜 주지 않음을 받아들일 것. 약을 먹더라도, 책을 읽더라도, 누군가의 조언을 듣더라도 그것의 도움을 받아 '네가' 해내는 것임을 인지할 것.

2. 1단계에서 실패했다면 그냥 포기할 것.

나는 10년 가까이 우울증을 앓으면서 '누군가가' 혹은 '무언가가' 나를 일으켜 주고, 잡아끌어 주기를 바랐었어. 나를 구원해 줄 한 줄기 희망 같은 것을 외부에서 계속 찾고 있었지. 소용이 없더군. 지금 생각해 보면 당연한 일인데 말이야.

내 마음을 다잡을 수 있는 건 결국 나밖에 없잖아. 우울증은 생각에 의한 병이야. 결국 근본적인 원인은 내 생각에 있는 건데, 타인이나 물질적인 다른 것들에 의존해 버리니 한계가 있을 수밖에. 정말 나아지고 싶다면, 변화하고 싶다면 외부적인 의존을 버리고 강하게 홀로 서겠다고 결심해.

**고매력 SAY**

시간이 지나고 보면 별것도 아닐 것들에 무거운 의미를 두곤 했다. 성격이기도 했고 습관이기도 했다.
상습적인 기대와 실망. 기회만 닿으면 무언가에 기대고 싶어 했던, 언제나 누군가에게 구원받고 싶어 했던 나는 힘없이 자주 무너져 내렸다. 이제 내가 기댈 곳은, 나 하나뿐이다.

## 스스로를 좋아하기 위해 노력하기

나를 좋아할 이유를 찾는다는 게
너무 어려워요.

●●●

너를 좋아할 이유를 찾지 못하겠어? 그럼 만들어야지. 넌 평소에 어떤 사람을 좋아하고, 멋있나고 생각하니? 자기 할 일 똑 부러지게 하고, 자기 관리 잘하고, 그러면서도 친절하고 예의 바르고. 뭐 그런 사람이겠지?

그럼 너도 그런 사람이 되려고 노력을 해야지. 노력하지 않는 나 자신을 좋아해 줄 수 있는 사람은 없어. 네가 생각하는 이상적인 사람, 멋진 사람의 기준을 세워 놓고 그중에 가능한 것들을 천천히, 조금씩 실천하면서 노력하는 스스로를 한번 칭찬해 봐.

## 몰입을 위해 무엇을 해야 할까

스스로에게 몰입하는 시간을 가지기 위해
정확히 무엇을 해야 하는지 모르겠어요.

●●●

내가 진짜 좋아하는 일, 나를 발전시키는 일, 내가 더 나은 사람, 더 멋진 사람이 되고 있다고 느끼게 해 주는 일에 시간을 투자하고 몰입하는 거야.

예를 들어 나에게는 글 쓰기와 운동, 책 읽기 그리고 고민 상담을 해 주는 일 등이 있지.

'혼자서도 잘 지내야 해. 자기 관리 해야 해.' 하면서 책 펴고 운동을 가도 집중도 안 되고 시간도 안 가고 괴롭기만 한 경우가 태반일 거야. 마음이 딴 데 가 있으니까.

'~해야만 한다'는 의무감 때문이 아니라 진심으로 내가 긍정적인 영향을 받고 있고, 발전하고 있다고 느끼는 일을 해야 해. 몰입은 그 후에 자연스럽게 이루어지는 거야.

## '좋은 사람'은 바로 나

좋은 사람을 만나기 위해서
늘 노력하고 스스로를 가꿔 왔는데,
그마저도 떠나니 좌절감이 들어요.

●●●

좋은 사람 만나기 위해서, 좋은 사람이 나타났을 때 놓치지 않기 위해서, 혹은 누구보다 잘나기 위해서, 누군가에게 잘사는 모습을 보여주기 위해서 나를 발전시키려고 하면 안 되는 거야. 목표 설정 자체가 잘못되었다.

나 스스로에게 가장 양질의 인생을 선물하는 것을 목적으로 해야만 해. '내가 될 수 있는' 최대한으로 아름답고, 효율적이고, 성실한 사람이 되는 것.

다른 누군가와 비교하면서 내 가치를 측정하다 보면 언젠가는 가로막히고 좌절을 느끼게 된다. 왜? 더 높은 산은 항상 있으니까. 내 삶 하나만을 보며 나아가다가 좋은 사람을 만나게 되면 좋은 거고, 그렇지 못한다면 혼자서도 멋지게 살겠다는 다짐으로 살아야지.

## 힘든 '나'를 다독이는 법

**'나만 힘든 거 아닌데 내가 너무 오버하나' 라는 생각이 들어요.**

●●●

힘들 때 '나만 힘든 거 아닌데 내가 너무 오버하나'라는 생각을 하지 말고 나의 힘듦을 있는 그대로 받아들여 주고 다독여 줘야 해.

뭐 때문에 힘이 드는지 모르겠다 하더라도, 별것도 아닌 걸로 힘이 들어도 '너는 왜 이까짓 걸로 엄살이야. 남들도 다 힘들어.'라는 말은 스스로에게 하지 마. 그런 생각을 하면 내 안에 있는 아이가 주눅이 든다. 남들한테까지 굳이 징징댈 필요는 없지만, 스스로를 아이 다루듯이 달래 주는 연습을 해 봐.

모든 사람은 자신이 느끼는 감정을 이해받고 싶어 하지. 그리고 그걸 무시당했을 때 화가 나고 토라지고 마음을 닫게 되어 있어. 스스로에게도 똑같아. 나는 이해받고 싶은 거야. 그 힘듦과 서러움을 알아주기만 해도 자연스럽게 절반은 해소가 된다.

## 여러 가지 감정에 혼란스러울 때

보수적인 부모님 때문일까요?
호감 가는 이성이 생길 때마다 가슴이 답답해져요.
또 자격증 공부 중에 연애를 해도 되나 싶은 생각도 들고요.
이런저런 생각이 많아서 혼란스러워요.

●●●

모든 감정을 한번에 뛰어넘고 극복하는 것보다는 네가 그때그때 느끼는 감정을 똑바로 응시하는 연습을 먼저 하는 게 좋을 것 같다.

지금 이런저런 감정이 실타래처럼 얽혀 있어서 더 혼란스럽고, 갈피를 못 잡아서 답답함이 클 거란 말이야. 그럴 때 내가 느끼는 감정에 확실히 이름을 붙여 준 다음, 그 감정이 어디서 비롯된 건지 깨닫기만 해도 혼란을 좀 잠재울 수 있어.

예를 들어, 남자 친구를 만나기로 했는데 막 가슴이

두근거리고 답답함이 느껴지면 스스로에게 물어보는 거야. '나는 지금 왜 답답한가?' 그때 머릿속에 떠오르는 것들을 똑바로 응시해. 부모님이 잔소리하는 모습이 떠오른다고 치자. '아, 부모님께서 싫어하실 게 마음에 걸리는구나. 그래서 눈치를 보느라 속이 답답하구나.' 이런 식으로 깨닫는 거지. 이렇게 감정을 정확하게 파악할 수만 있어도 답답한 마음이 한결 나아질 거야.

나도 이상하게 학원에서 수업을 하면 속이 답답하고 심장이 쿵쾅댈 때가 있었는데, 그게 뭐 때문인지 몰랐거든? 나중에 저런 식으로 그 순간의 감정을 응시하는 연습을 해 보니까 답을 알겠더라. 아이들이 멋대로 굴고 통제가 안 될 때 주로 그런 느낌이 드는데, 단순히 아이들이 문제가 아니었어. 아이들을 통제하지 못하는 나를 보고 '윗사람이 나를 어떻게 평가할까'를 걱정했던 거더라.

'아, 내가 외부의 평가에 연연하느라고 지금 마음이 불편하구나.'라는 걸 깨닫고 나니까 딱히 더 무슨 조치를 취하지 않았는데도 마음이 한결 가라앉더라고. 그 뒤로는 그런 생각이 들 때 '상사의 평가가 걱정이 되면 최선을 다해서 일을 하면 되지 뭐.'라고 결론을 내고 할 일 열심히 한다. 그럼 더 불안할 일이 없지.

## 절망의 바닥에서 박차고 일어나기

먹고살기도 빠듯한 생활이 이젠 너무 지치네요.
저 자신이 초라하고 하찮게만 느껴져요.
힘들고 우울하다는 말을 하면 사람들마저
나를 떠나 버릴 것 같아서 입을 닫게 되네요.

●●●

지금 네가 있는 그곳에, 나도 있었단다. 형편이 어려운 집에서 아껴 쓰며 자랐어. 그러다 나이가 스물 후반이 다 되어 갈 때에도 아르바이트 인생을 전전했지. 심지어는 이력서를 넣을 수조차 없었다. 이력서만 들여다보면 공황이 찾아왔거든.

삶의 무게감은 더해 가는데 내 삶을 책임질 자신은 점점 없어지고, 나 자신이 너무 초라하고 한심하고, 잠에서 깨어 눈을 뜰 때마다 두려웠어. 침대 밑에 지옥이 입을 벌린 채 나를 기다리고 있는 것만 같았지. 또 하루를 살아 내야만 한다는 게 너무 고통스러웠다. 누군가에게 이런 얘기를 계속 늘어놓자니 짐을 지우는 것 같아서 더 이상 사람을 찾지 않고 글을 쓰기 시작했지. 나의 글 쓰기는 그렇게 시작된 거야.

내가 나아지는 데에 도움이 됐던 건,

1. 글을 쓰면서 나의 모든 감정을 있는 그대로 다 받아들이고, 해소하는 연습을 하기 시작한 것.
2. 어떻게든 우울증에서 벗어나고 말겠다는 의지를 가지고 이를 악물고 서점을 돌며 심리학 책들을 모조리 읽고 연구를 했던 것.
3. '내가 못나고 초라해서 날 버리겠다는 사람은 잘 보내 주자'라고 다짐했던 것.
4. '돈 못 벌어도 좋다. 빌어먹고 살더라도 지금 이 지옥 같은 생활보다야 낫겠지, 용돈벌이만 하면서 입에 풀칠만 하고 살더라도 내가 원치 않는 곳에 나를 팔지 않겠다. 만약 돈이 없어 결혼을 못 할 것 같다면 결혼을 하지 말자! 내 시간과 노력은 내가 가치를 두는 곳에 투자한다.'라는 다짐 등이 있었지.

지금의 너도 그때의 나처럼 더 잃을 것이 없어 보이는데, 그때 바닥을 치면 그 후로는 올라갈 일밖에 안 남은 거란다. 왜냐, 더 이상은 추락할 곳이 없기 때문이지. 그리고 가진 것이 없는 사람의 장점은, 더 잃을 것이 없기 때문에 무식한 용기를 낼 수 있다는 점이다.

내가 해 줄 수 있는 건 이 정도의 조언이 전부야. 나머지는 모두 너에게 달렸지. 많이 공부하고, 이를 악물고, 이겨 내겠다고 다짐하고, 일어서서, 후에 "정말 감사합니다."라는 말을 내게 하는 날이 오기를 바란다.

## 마음이 조급해지고 자꾸 뭔가를 비교하려 들 때

자꾸 주변 사람들과 저 자신을 비교하게 돼요.
이미 뭔가를 이뤄 낸 사람들을 보면
초라해지고 우울해져요.

나는 '비교를 멈추지 못하는 것'을 퇴보라 읽는다.

내 인스타그램 팔로워가 겨우 2,000~3,000명 정도였을 때였어. 팔로워 3~4만씩 되는 다른 인스타 작가들이 너무 부럽더라. 그들은 글 하나 올리면 좋아요 수가 몇백 개가 넘어가는데 나한테는 과연 그런 날이 올까 싶고, 너무 먼 훗날의 얘기처럼 느껴졌어.

'내가 잘하고 있는 게 맞나, 너도 나도 글을 쓰는데 내가 여기 뛰어들어서 가능성이 있을까…' 이런저런 생각이 들길래 다른 작가들의 글을 보는 걸 멈췄어. 그 누구의 업적도, 성과도 더 이상 들여다보지 않고 그냥 내가 쓰고 싶은 글을 썼고, 글의 전달력을 높이고 싶은 마음에 그림도 그리기 시작했지.

주변을 둘러보지 마. 그건 너를 발전시키지 않을뿐더러, 그 자리에 멈추게 하거나 오히려 퇴보시키지. 주변을 둘러보는 것을 멈추고 네가 할 수 있는 일을 해. 단기간에 업적을 이루고 싶다는 욕심도, 조급함도 버려. 빨리 성공하고 싶고 무언가를 이뤄 내고 싶은 건 모두 같은 마음이야.

조급함에 자리를 내어 주는 순간 끝이라고 다짐해. 나도 매 순간 마음을 다잡으며 앞을 보고 나아간단다. "조급함아, 넌 나한테 도움 될 게 없어. 난 그저 오늘 할 수 있는 일을 할 거야."라고 말하면서 말이야.

## 나보다 힘든 사람을 보며 위안받고 싶다면

**'남들도 힘들겠지? 힘들 거야.' 라는 비교 의식으로 자꾸 저 스스로를 위안하는 버릇이 있어요.**

나 역시 나보다 불행해 보이는 사람들을 보면서 스스로를 위로하는 습관이 있었거든? '저렇게 힘들게 사는 사람에 비하면 나는 행복한 거야.'라면서 말이야.

하지만 그건 반대로 말하면 나보다 더 잘사는 사람들, 더 행복해 보이는 사람들을 보면 기가 죽고 위축이 된다는 뜻이기도 해. 누군가를 보면서 우월감을 느낀다는 것 자체가 또 다른 누군가를 보면서는 열등감을 느낄 수 있다는 말이거든. 그래서 높은 곳도, 낮은 곳도, 그 어디라도 나 자신과 비교하는 게 아니야.

그런 비교 의식으로 스스로를 위안하려는 마음이 들면 '내가 또 나보다 힘든 사람들을 보면서 자기 위안을 하려고 하는구나. 이제 그런 식으로 나의 마음을 채우지 말자.'라고 다독여 봐.

## 사랑스러운 사람이고 싶을 때

**외로움을 폭식으로 풀어요.
살이 찐 내 모습을 보면 이런 나를
좋아해 줄 사람이 없을 것 같아서 또 괴로워요.
나만 빼고 다 날씬하고 예쁜 것 같고,
나는 왜 이렇게 태어났는지 원망스러워요.**

인간은 누구나 외로워. 하지만 외롭다고 해서 모두가 먹는 걸로 외로움을 풀지는 않아. 먹어서 푸는 방법을 네가 '선택'한 거야. 네가 다른 선택을 한다면 다른 결과를 가져올 수 있다는 얘기지.

또한 너보다 날씬한 사람들은 '왜' 그렇다고 생각하니? 그냥 그렇게 태어나서? 참고로 나는 매일같이 욕을 뱉어 가면서 운동을 다닌다.

한탄만 하지 말고 '어떻게' 달라질 수 있을지에 집중해. 사랑받고 싶다면 사랑스러운 사람이 되는 일을 시작해. 노력하고, 움직이는 사람 말이야. 노력하기는 싫고, 가만히 있는 상태로 사랑만 받고 싶은 거라면 그런 일은 일어나지 않을 테니까 포기하고.

'원하기만' 하는 사람이 너무 많다. 하지만 딱히 얻어질 것 같지도 않고 앞이 캄캄하니까 시도조차 안 하고 자책만 하면서 사는 거지.

큰 것을 한번에 바꾸려고 하지 말고 매일 조금씩 노력하는 사람이 되겠다고 다짐해야 하는 거야. 일적으로든, 외적으로든, 성품에 있어서든 매일매일 네가 할 수 있는 노력을 해. 그럼 당장에 돈이 벌리거나, 당장에 살이 빠지거나, 당장에 인맥이 생기거나 하지 않더라도 내가 그런 스스로를 좋아하게 되고 자신감이 생기지.

인간은 딱히 스스로 의식하지는 못하지만 '노력하는 나'를 좋아하는 법이야. 잘난 사람은 못 되어도 노력하는 사람으로 살다 보면 그게 버티는 힘이 되어 줄 거야.

## 사랑을
## 구걸하는 비참함

**전 남자 친구는 제게 넘치는 사랑을 줬었는데,**
**이번에 만나는 사람에게는 자꾸 구걸하게 돼요.**
**거짓말을 해서라도 저를 보러 오게 만들고 싶어요.**
**'내가 다치면 나한테 와 주지 않을까?' 라는**
**이상한 생각까지 하게 돼요.**

●●●

아가, 너는 지금 굉장한 충격을 받은 상태인 거야. 항상 넘치는 사랑을 받아서 구걸할 필요가 없었던 사람이 갑자기 애정을 구걸하게 됐잖아. 이건 늘 안아 주고 달래 주고 놀아 주던 부모가 갑자기 사라졌을 때 어린아이가 느끼는 충격과 공포에 비할 수 있어.

처음엔 '뭐지? 내 삶이 원래 이렇지 않았는데' 하는 생각으로 혼란스럽지. 그러면서 계속 '나 별로인가? 사랑스럽지 않은가?' 하며 자문하게 되고 자신감은 떨어져서 위축이 돼. 결과적으로 '내 가치는 겨우 이 정도야…' 라는 생각에 자존감이 바닥을 찍는 거야.

너와 같은 상황을 두고 각기 다른 해석을 할 수가 있어. 네가 어떤 생각을 선택해서 하고 있었는지 봐 봐.

1. 우선 '이번엔 잘못 걸렸군' 하며 인정하고, 짜증 낸다. '예전 그 남자는 더 다정하고 내게 잘해 줬는데.' 하고 조금 아쉽기도 하지. 그 후엔 '역시 여자는 나한테 잘하는 남자를 만나야 행복한 거였어.
   하지만 아직은 좋아서 못 헤어지겠으니까 참을 만큼 참아 본 다음에 갈아타던가 해야겠다.' 등등 깨달음을 얻고 상황을 받아들인 후 의지와 오기를 갖는 거야. 이렇게 생각하는 사람도 중간중간 비참함을 느끼기는 하지만 견뎌 낼 만해.
2. '이 사람은 왜지? 왜 날 안 좋아하지? 내가 별로인가? 이런 적이 없었는데, 뭘 어떻게 해야 하는 거지? 왜 내가 자꾸 매달리고 있지? 왜 날 보러 안 오는 거야? 날 신경 쓴다는, 날 아낀다는, 내가 가치 있는 사람이라는 증거를 어떤 식으로라도 보여 줬으면 좋겠어.' 이런 생각들로 자기 불신과 혼란, 비참함, 불안, 자신감 하락, 인정 욕구 등을 느끼는 경우.

'선택'을 잘못했다는 해석을 하지 않고 스스로의 '가치'에 대해서 의문을 품기 때문에 결과적으로 초조함과 불안감에 휩싸이지.

'아, 내가 생각하기에 따라서 별것도 아니라고 털고 넘어갈 수 있는 일에 해석을 잘못했던 거구나.'라는 걸 깨달으면 나아질 거야.

## SNS를 보며 초라해지는 나

**SNS에서 예쁘고 날씬한 여자들을 보면 제가 너무 초라하게 느껴지고 못나 보여요.**

●●●

SNS가 네게 아픈 생각을 들게 만든다면 끊어야지. 뭐든 나쁜 건 내 쪽에서 끊는 게 맞는 거다.

나이도 어리고, 예쁘고, 몸매 좋은 여자들을 보면 나도 열등감을 느낄 때가 있어. 지고 싶지 않으니까. '얘는 나보다 이런 면이 나은가? 나보다 가슴이 더 큰가? 얼굴이 좀 더 작은가?' 하고 괜히 비교하게 돼. 그러다 보면 짜증이 나고 금방 우울해지지.

그래서 나는 연예인이나 다른 사람들의 사진, 영상 등을 웬만해서는 보지 않아. 나는 특히 예쁜데 돈도 많아서 하고 싶은 거 다 하고 사는 여자들에게 자격지심이 생기곤 했어. 내가 못 가졌으니까. '나도 저렇게 살고 싶은데, 저 사람은 다 가졌는데 왜 나는…' 하고 비교하면서 자꾸 나를 깎아내리는 생각을 하게 되더라.

그래서 안 봐. 뭐가 됐든 나에게 부정적인 영향을 주고 부정적인 생각을 들게 하는 거라면 이 악물고 끊는 게 맞아.

## 포기하고 돌아가고는 싶은데 걱정이 될 때

해외에서 일하고 있는데 너무 힘들어요.
하지만 큰마음 먹고 온 곳이라서 포기하기는 어려워요.
친구들은 다들 돌아간다는데,
사람들을 떠나보내는 게 힘겹네요.
가만히 있어도 눈물이 뚝뚝 나요.

●●●

패기 넘치게 해외로 와서 일을 시작은 했는데 막상 환경이 네가 생각했던 것 같지 않구나.

그렇다고 포기하고 돌아가자니 뭔가 낙오자가 되는 기분이 들 거고, 주변 사람들이 뭐라고 생각할까 걱정도 되겠지. '뭐 대단한 게 될 것처럼 떠나더니 고작 그거 하고 돌아왔대.' 라는 식으로 수군거릴 것도 같고 말이야. '나는 왜 겨우 이 정도도 못 버티고, 난 될 그릇이 아닌가 봐.' 스스로를 패배자라고 생각하게 될 것 같아서 겁이 날 거야.

주변 사람들이 떠나가는 것에 크게 동요하는 건 네가 그만큼 그 사람들에게 마음을 많이 의지하고 의존한다는 뜻인데, 그럴 수밖에 없지. 척박한 환경에서 네가 마음 둘 곳 하나가 제대로 없어서 사람 하나하나에 너무 큰 의미를 부여하며 목을 매고 있는 거야.

가만히 있어도 눈물이 뚝뚝 떨어진다니, 스스로도 이미 알고 있겠지만 넌 지금 그곳이 싫은 거야. 그 상황이 싫고, 벗어나고 싶은 거야. 그런데 억지로 버티고 있으려니 힘이 드는 거지. '버텨야 한다. 강해져야 한다. 나약하게 굴면 안 된다. 패배자처럼 돌아갈 수는 없다.'라는 강박적인 생각들을 하면서 말이야.

'이곳이 싫어. 돌아가고 싶어.'라는 생각을 마음껏 편하게 할 수도 없었을 거야. 그러면 안 될 것 같으니까. 진심을 참고 억누른다는 건 마음을 병들게 하는 일이지.

내가 스무 살 후반이었을 때, 한국에서 되는 일도 없고 숨 막히고 갑갑해서 무작정 호주로 가는 티켓을 끊어서 떠난 적이 있어. 사실 도착하자마자 너무 겁이 나고 후회가 됐었다? '내가 무슨 생각으로 여길 왔지, 여기서 뭘 할 수 있다고…' 맨땅에 헤딩하듯이 모든 것에 도전하고 개척해 나가야 하는데 눈앞이 캄캄한 거야. 자신은 하나도 없고 뭘 해야 좋을지도 모르겠고 발만 동동 구르고 있었는데 아무한테도 티를 못 내겠더라. 창피해서!

남들은 '진짜 떠나는 거냐, 실행력 멋지다. 넌 진짜 뭐라도 될 거다.'라면서 나를 응원했었는데 거기다 대고 타지에 발 디딘 지 고작 며칠 만에 "나 돌아가고 싶어" 소리를 어떻게 해. 나이도 먹을 만큼 먹어서 말이지. 게다가 한국에서 되는 일이 없다고 여기까지 도망치듯 온 건데 여기서도 뭘 못 하겠다면 도대체 답이 없는 거야. 그래서 오기로 깡으로 무조건 버텨야 한다는 생각을 가진 채 한 달가량을 그저 참으며 지냈던 것 같아.

하지만 나를 너무나도 잘 아는 우리 엄마는 딸내미 통화 목소리만 들어도 다 느끼더라고. "너 거기 간 거 후회하지?"라고 묻는데 그렇다고 대답을 못 하고 얼버무렸어. 그때 우리 엄마가 이렇게 얘기해 줬지. "돌아오고 싶으면 언제든 돌아와. 당장 내일이라도 괜찮아. 돌아와. 네 집 여기에 있어. 그리고 언제든지 다시 떠나고 싫어지면 그때 또 가면 돼."

그 말을 듣고 비로소 용기가 생겼어. 어떻게든 이 악물고 버티라는 말이 아니라, 언제든지 내가 원하면 돌아갈 수 있다는 말 말이야. 난 여전히 자신이 없었지만 하는 데까지는 해 보겠다고 마음을 먹게 됐다. 언제든 내가 원하면 돌아갈 곳이 있으니까!

돌아오고 싶으면 언제든지 돌아와. 괜찮아. 그건 절대로 네가 패배자가 된다는 뜻이 아니야. 넌 경험을 했을 뿐이야. 나처럼 말이야. 그리고 이 모든 말들을 너 스스로에게도 들려줄 수 있어야 해.

'무조건 버텨. 이 정도도 못 견뎌서 어떻게 살려고 그래? 패배자로 낙인찍힐 순 없어.'라는 말이 아니라, '네가 원하는 곳에 있게 해 줄게. 힘들면 억지로 버티지 않아도 돼.'라고 얘기해 줘 봐.

## 나이 드는 것에 대한 막연한 불안감

이렇게 나이만 먹어 가는 게 아닐까 걱정돼요.

●●●

나이 먹는 걸 두려워하지 않는 사람은 없어. 나 역시 두려워.

하지만 우리가 진실로 두려워하는 것은 단순히 나이를 먹는다는 사실이 아니라 나의 가치가 퇴색한다는 점이라고 생각한다. 젊을 때야 젊다는 것 자체가 가치이고 무기이고 힘이지만, 나이가 들면 그저 '나이만 든 사람이 된다'는 것에 불안함을 느끼는 거지.

그래서 나는 이제부터 '멋지게 늙어 가는 것'을 목표

삼기로 했다. 연륜과 경험을 통해 깨닫게 된 것들, 통찰력과 지혜를, 좋은 것들을 사람들과 나누면서 말이야.

젊고 예쁜 것이야 슬슬 물려주고 떠날 때가 오겠지만 '와, 사람이 저렇게 멋지게 나이 들어갈 수도 있구나.'라는 선망의 대상이 되는 것에는 정년이 없으니까. 그거면 오래도록 당당하게 나를 지켜 갈 힘이 되어 주지 않을까?

## 스스로를 제대로 납득시키고 다독거리는 법

스트레스 받거나 우울한 일이 생기면
"괜찮아, 괜찮아."
하면서 저를 다독이는데도
쉽게 나아지지가 않아요.

●●●

힘들고 불안할 때, 가장 무난하고 막연하게 스스로를 위로할 수 있는 말로 "괜찮아."가 있지. 그런데 뭐가 괜찮다는 거지? 스스로에게 "괜찮아."라고 얘기할 때 구체적으로 어떤 점이 어떻게 괜찮다는 건지 생각해 본 적 있니?

예를 들어, 상사에게 욕을 먹어서 기분이 한없이 다운되고 우울할 때 스스로를 달랜답시고 "괜찮아."라고 말하지. 그러면 잠깐 동안은 불안과 우울이 달래질지도 모르겠지만 그 후에는? 막연히 괜찮다고 말하는 건 임

시방편에 불과해서 마음을 달래는 효과가 오래 지속되지 않아. 정확히 어떤 점이 어떻게 괜찮은지 나에게 납득시킬 수 있어야 하지.

'듣고 싶지 않은 소리를 들었고, 예쁨만 받고 싶은데 미움을 받아 버려서 속이 상했고, 더 잘하고 싶은데 생각처럼 되지 않는 스스로에게 답답함과 자괴감을 느껴서 주눅이 들었구나. 괜찮아. 한 번 혼났다고 해서 그 사람이 너를 미워한다거나 가치 없는 사람으로 여긴다는 뜻은 아니야. 누군가 너에게 싫은 소리를 조금 한다고 해서 너의 총체적인 가치가 줄어드는 것은 아니잖아. 더 노력해서 인정받는 날이 올 거야. 넌 노력할 테니까.'라고 스스로를 이해시키고 달래 주어야 하는 거야.

물론 자신의 마음을 정확하게 들여다본다는 게 처음부터 쉽지는 않아. 자신이 무슨 생각을 하는지도 모르는 채로 감정의 기복부터 느껴 버리는 게 사람이니까.

그래서 연습을 해야 해. 기분이 상한 이유가 뭔지, 어떤 과정으로 현재의 감정에 이르게 되었는지를 살피는 연습을. 그것을 토대로 나를 달랬을 때만이 나 스스로 '괜찮다'라는 말을 진정으로 납득하고 안정을 찾을 수 있어. 그렇게 다시 용기를 낼 수 있게 된다.

PART 3

# 사람 때문에
# 삶이 아픈 날이면

"엄마, 나는 이 사람이 그럴 줄 몰랐어." 가끔 사람에게 뒤통수를 맞고 충격에 빠져 있으면 엄마는 원래 그런 사람들이었다고, 내가 그들을 너무 믿은 탓이라며 고개를 절레절레 저었다. 그럼 누굴 만나든 계속 의심을 해야 하냐는 나의 물음에 엄마는 대답했다. "의심해야지."

그때는 그게 뭐냐고, 서로 믿지도 못하면서 어떻게 살아가냐고 생각했는데 최근에야 알게 되었다. 믿음이고 나발이고, 내가 상처 안 받는 게 먼저라는 것을.

너무도 오랫동안 잘못된 곳에 기대를 걸어왔구나. 사람과 사랑은 네가 원하는 만큼 가질 수 없어. 그 모든 것에 집착하지 말고 변화해라. 더 이상 마음을 곳곳에 널어 두고 약해지지 마.

## 정리해야 하는 것들의 기준

"어설프고 어지러운 것들을 정리하고 나면
분명하고 명확한 것들이 모여들기 시작한다." 고 하셨는데,
여기서 어설프고 어지러운 것의 기준은 무엇인가요?

날 아프게 하는 모든 것들. 말로는 날 아낀다면서 나를 혼란스럽게 하는 모든 사람들. 확신 없는 진심들과 기약 없는 약속들. 지루하게 걸쳐 둔 모든 관계들. 그저 어설프게 관심을 두었던 그 모든 것들!

## 행복해지기 위해 먼저 버려야 할 것

**어떻게 하면 행복해질 수 있을까요?**

보통 사람들은 지금 상태에서 행복이 '추가'되기를 바라는데, 행복은 절대 그런 식으로 찾아오지 않는다.

지금 가진 모든 것을 다 가진 상태에서, 아무것도 변하지 않은 상태에서 행복해질 수 있는 방법은 없어. 우리는 먼저 무언가를 포기해야 하지. 무엇을? 덜 중요한 것을. 행복을 가로막는 요인이 되는 것들을. 나를 불안하게 만드는 요소들을.

예를 들어, 결혼식 하객 수를 채워 줄 친구의 숫자가 하나라도 적어질까 봐 놓지 못하고 끙끙대며 인연을 유지하는 채로 행복해지기를 바라선 안 돼. 행복해지려면 '아닌 친구'를 버릴 줄 알아야 한다. 북적대는 결혼식을 포기해. 그날 하루 사람들에게서 들릴 평판이 좋지 않을 수도 있겠지만, 대신 평소에 정말 좋은 사람들과 건강한 관계를 유지하며 살아갈 수 있지.

행복은 더 가졌을 때가 아니라, 현명하게 포기할 때 찾아오는 거야.

## 틀어진 친구 관계에서 생긴 아픔을 극복하는 과정

**친구와 사이가 틀어졌는데 혼자서 잘 지내야지 하다가도 '충분한 대화도 없이 이렇게 인연을 끊어 버렸다는 건 나를 진짜 친구로 생각하지 않았던 거야' 라는 생각에 회의감도 들고 마음이 허해요.**

지금은 회의감, 공허함, 허무함이 많이 들 거야. 아무리 '아닌 사람'임을 알고 쳐냈어도 일단은 상처잖아. 나를 오해하고 곡해하는 사람들이 있다는 게, 그것을 받아들인다는 게 진짜 너무 어렵고 힘든 일이야. 매 순간 감정과 싸워야만 하지.

'저들은 진짜 내 사람이 아니었던 거야. 나도 필요 없어!' 라고 생각을 하고 이를 악물어도 '그래도 왜? 나는 그런 사람이 아닌데…' 하며 억울하지. 혼자 남겨졌다는 사실에 초라해지고 마냥 슬프기도 하고, '난 노력한다고 했는데' 서럽지. 그러다가 또 이를 악물고 '그냥 내 사람이 아니었을 뿐이야!'라고 다짐을 반복하는 건데, 그 과정이 굉장히 피곤하고 에너지 소모가 심하기 때문에 사람을 지치게 한다. 그래서 마지막 단계, 즉 다시 한번 '내 사람이 아니었을 뿐이야!'라고 각성하는 단계에서 포기해 버리는 경우가 많아. 그럼 무너지는 거야.

힘들어도, 눈물이 나더라도, 아직 강하지 않더라도, 괜찮지 않더라도 '내 사람이 아니었을 뿐이야, 난 내 갈 길을 가겠어.'라고 계속해서 다짐을 해야 한다.

지금 이 글을 쓰는데, 내가 겪어 왔던 일들이 마음속에 스치면서 눈물이 많이 난다. 솔직히 많이 힘들었어.

"난 그 사람들 없어도 괜찮아! 나 좋다는 사람이 더 많아! 필요 없어!"라고 외치면서 입술을 깨물고, 주먹을 꽉 쥐고 앞만 보며 걸어왔지만, 너무너무 상처였어. '왜'라는 생각이 멈추지 않았고, '왜 그래야만 했을까, 내가 뭐가 그렇게 못난 친구였을까, 내가 할 수 있는 것들이 더 있지는 않았을까…'라는 생각이 반복되면서 그저 슬프기도 했지. 그 마음을 늘 다잡고 또 다잡으면서 너무 피곤하고 힘들었지만 나를 위해서 버텼어. 내가 무너져서는 안 되니까.

그러니까 너는 잘 하고 있는 거야. 계속 흔들릴 거고, 혼란스러울 거고, 마음이 욱신거릴 거야. 그 모든 파도를 잘 타고 넘어라. 마지막에 다시 한번 독하게 이를 악무는 일만 포기하지 마.

## 죄책감을 버리고 다음 단계로 나아가기

**친구와 크게 싸워서 헤어지게 됐어요.**
**서로에게 잘못이 있었던 건데, 자꾸 제가 못난 사람이라**
**평생 다른 사람들을 못 사귈 것만 같은 생각이 들어요.**
**"그들은 내 사람이 아니었을 뿐이야." 라는**
**생각을 해 봐도 도움이 되지 않네요.**

네가 지금 "그들은 내 사람이 아니었을 뿐"이라는 명제를 받아들이지 못하는 이유는 네가 그 관계에 대해서 느끼는 죄책감에 사로잡혀 있기 때문이야.

나는 최선을 다했는데 돌아오는 게 상처뿐인 관계였다면 똥 밟았다 생각하고 곧장 "그들은 내 사람이 아니었어." 하며 뒤돌아서기가 수월하겠지. 하지만 관계를 망친 데에 있어서 나의 책임이 있다고 생각하고 후회와 자책에 사로잡혀 있으면 그 단계로 넘어갈 수가 없어.

그래서 이 경우에는 네가 왜 스스로를 나쁜 사람이

라고 여기고 있는지, 왜 못난 사람이라고 해석을 하게 되었는지, 어떤 부분이 너의 실수라고 느꼈는지에 대해서 자문하고 답을 찾은 뒤 그것들을 고쳐 가겠다고 다짐하는 단계가 우선적으로 필요해 보인다.

네가 친구들과의 관계에서 실수했다고 느끼는 부분들, 잘못이었다고 생각해서 죄책감을 가졌던 포인트들을 잘 한번 되짚어 봐. 그 포인트들을 앞으로의 관계에서는 반복하지 않겠다고 다짐해.

그리고 더 이상 지난 실수로 인해 자책하지 마. 그래야만 앞으로 나아갈 수 있게 될 거야.

고매력 SAY

남자를 대할 때는 "내가 좋으면 네가 나한테 잘 해."라고 하면서 친구들에게는 늘 "내가 더 잘 할게."라고 했다. 왜 그렇게까지 저자세로 굴었는지 모르겠지만 그땐 그게 미덕이라고 생각했던 것 같다. 남자에게 굽히는 것은 자존심 상하는 일이라고, 친구에게 굽히는 것은 내가 좋은 사람이 되는 일이라고 해석했던 것 같다.
나의 시야가 좁았던 탓도 있었다. 내 작은 세상에는 그들이 전부였다. 이제 나는, 나를 아끼는 모든 사람을 존중하되 그 누구에게도 애써 나를 굽히지는 않는다. 겪어 보니 세상에는 좋은 마음이 너무 많다. 내가 먼저 마음을 열어 보일 수 있다면 말이다. 나는 더 큰 세상을 보며 살아가기로 했다. 흘러가는 모든 것을 뒤로한 채.

## 나 싫다는 사람에 대한 올바른 마음가짐

나를 싫어하는 사람을
어떻게 받아들여야 할지 모르겠어요.

'왜 나를 싫어하지? 나는 나쁜 사람이 아닌데. 왜?' 이렇게 WHY에 묶여 있지 말 것. 더 이상 왜냐고 묻지도 말 것. 알려고도 하지 말 것.

나 싫다는 사람에게는 그냥 '나름의 이유가 있겠지' 라고 받아들여. 억울하더라도 어쩔 수 없어. 우리에겐 그걸 일일이 파헤쳐 알아내거나 그들의 마음을 되돌릴 재간이 없으니까.

사람은 '각자 나름의 이유'로 누군가를 미워하기도 해. 그게 꼭 상대방의 결점이나 잘못 때문이 아닌 경우도 있어. 환경, 열등감, 자격지심, 시기, 질투이거나 편견과 오해일 때도 있지. 그리고 시간이 지났을 때 뒤돌아보면 '내가 그때 괜히 그 사람을 미워했었구나.' 싶을 때도 있고 말이야. 그러니까 나 싫다는 사람은 왜냐고 묻지 말고 보내 주는 거야.

지금은 나랑 가장 친한 친구인 그 애를, 내가 한때는 미워했었어. 내가 못 가진 것들을 가진 것 같았고 나보다 인기도 많은 것 같아서 비교가 됐거든. 상대적으로 나를 초라하게 느껴지도록 만드는 그 애의 존재가 아팠던 거야. 하지만 그 친구는 내가 왜 자신을 피하고 멀리했는지 알지 못했을 거야. 내 마음에 여유가 생긴 후에야 그 모든 것을 털어 버리고 다시 친구가 될 수 있었어.

그렇게 사람 사이에는, 틀어질 수밖에 없는 나름의 이유들이 존재하더라. 그냥, 그런 시기가 있기도 한 거더라.

고매력 SAY

하루는 하늘을 올려다보는데 구름이 예뻤다. '저들도 나름의 이유가 있어 흘러가는 거겠지.' 흐르는 구름을 보며 다짐했다. 내 곁에 머무는 아름다운 모든 것들을, 잘 보내 줄 준비를 하자.

## 인간관계에 대해서 회의감이 들 때
## 어떻게 하시나요?

●●●

회의감이 들 만한 인간관계는 한 번 싹 정리를 했고 그 후로는 딱히 인간관계에 대해 생각하지 않고 있어. 다시 말하면 '기대'하지 않는 거지.

먼저 찾으면 반갑게 응답하고, 주면 잘 받고, 받은 것만큼 돌려주거나 그보다 조금 더 얹어 준다. 찜찜한 것도 싫고, 후회하기도 싫으니까. 누구든 떠나면 잡지 않고, '나름의 이유가 있겠지'라고 생각하며 그의 선택을 존중하지. 그렇게 하니까 딱히 인간관계에 회의감을 느낄 일이 없더라.

고매력 SAY

나는 내 의지로 되지 않는 일에는 애를 쓰지 않는다. 예를 들어, 그를 후회하게 만든다든가 그들이 나를 미워하지 않게 한다든가, 혹은 그들이 나를 존경하게 만든다거나 하는 것들 말이야. 대신에 나는 내가 후회하지 않는 것과 내 안에 미움을 쌓지 않는 것, 그리고 존경스러운 사람이 되는 것에 집중한다. 의지로는 타인을 바꿀 수 없다. 나는 오직 나 하나만을 변화시킬 뿐이야.

## 조언과 오지랖의 차이

안타까운 마음에 친구에게 자꾸 조언을 하게 되는데
곱게 듣지 않고 스트레스만 받아 하네요.
그냥 내버려 둬야 하나요?

●●●

오지랖이 넓어서 도움을 주고 싶은 마음에, 좋은 사람이 되고 싶은 마음에 이렇게 저렇게 해 주고 싶은 심정은 알겠는데 그거 안 하는 게 나아.

내가 아무리 좋은 마음으로 얘기한다고 해도 어차피 상대가 그대로 알아주거나 해석해 주지 않거든. 내가 원하는 결과가 나타나지도 않으니 나만 계속 답답하지.

내가 한참 우울증이 심하고 의지도 약했을 때, 친구 중에 한 명이 제 딴에는 걱정을 한다고 자주 쓴소리를 했었어.

"너, 그렇게 온실 속의 화초처럼 지내려고 해서는 안 된다. 언제까지 보살핌 받으면서 살 생각이냐, 스스로 강해져야 한다."는 말을 했는데, 지금 생각해 보면 다 맞는 말인데도 그때는 듣기가 싫었어. 나를 잘 알지도 못하면서 비난하는 거라고 꼬인 생각을 하게 되더라.

그래서 난 이제 주변 사람들이 안타까워 보여도 먼저 충고하지 않아. '나는 당신을 아끼지만 그건 당신 인생이니까.'라고 생각하고 한 발짝 떨어져 있지. 여전히 그들을 아끼면서도 그들의 모든 선택을 존중하는 거야. 대신 그들 인생에 대한 책임은 그들이 져야 하는 거지.

나에게 먼저 조언을 구하지 않는 이상은 섣불리 개입하지 않는 편이 좋아. 그들이 살고 싶은 대로 살도록 내버려 두거라.

## 혼자가 너무 편한 나,
## 이상한 걸까

뭐든 혼자 하는 게 너무 편해요.
인맥을 늘리려 모임도 가입해 봤지만 생각처럼 되지 않네요.
가끔은 남자 친구와 함께하는 시간보다
혼자가 편하다는 생각이 들 때도 있습니다.
제가 좀 이상한 거죠?

●●●

'인맥을 늘리려 모임도 가입해 봤지만' 당연히 잘 안됐겠지. 왜? 네가 진심으로 사람을 사귀기를 원해서가 아니라 '그래야만 할 것 같아서' 했던 일이잖아. 마음이 내키지 않는 일을 잘 해낼 수 있을 리가.

지금 혼자 이것저것 하는 게 너무 편하다며. 혼자서 여행 가고, 등산하고, 쇼핑도 하면서 온전히 혼자인 시간을 즐길 수 있는 사람 많이 없다? 왜? 대부분 마음 한구석의 공허함을 스스로 채울 줄을 모르고, 또 스스로를 온전히 좋아하지 않기 때문에 혼자 있는 시간을 견디지를 못하거든. 혼자 있으면 외롭고 허전하거나 불안하고 초조한 감정들을 느끼기 마련이지.

그런데 너는 혼자 있는 게 즐거운 거야. 그만큼 속 편하고 좋은 게 어디 있니? 네가 '인맥을 늘려야 한다.'는 생각을 하게 된 게 오로지 너 스스로의 의지였는지 한 번 돌아봐 봐. '인맥이 많을수록 좋다. 이렇게 주변에 사람이 없어서는 안 된다.'라는 명제가 과연 누구의 기준에 의해서 생성이 된 건지 말이야. 내가 봤을 때 확실히 네 기준은 아니거든?

너는 혼자가 좋고 지금 이 정도의 인간관계에 만족하면서도, 주변을 의식하는 걸 완전히 내려놓지 못하고 있었을 거야. 그래서 마음 한구석에 걸리는 찜찜함을 해소하기 위해 애써 인맥을 넓혀 보고자 했지만 그건 네가 진짜로 원하는 일이 아니기 때문에 못 하겠는 거지.

억지로 곁에 사람을 더 두려고 하지 않아도 괜찮아. 곁에 사람이 많다는 것이 반드시 '썩 괜찮은 사람'이라는 증거가 되는 건 아니더라.

나는 살면서 지금 가장 깊고 현명하고 좋은 사람이

되었다고 생각하지만, 이전보다 연락하고 만나는 사람은 훨씬 적어. 어떻게든, 억지로, 애를 써서 내 곁에 사람을 붙들어 두는 일을 청산했거든. 그리고 인간관계에서 오는 스트레스로부터 이렇게 마음이 편안했던 적이 없지. 대신에 그 스트레스에 소모할 에너지를 전부 다 생산적이고 효율적인 일에 쏟고 있어.

네 마음이 편하다면, 그게 너한테 맞는 거야. 억지로 맞지 않는 신발 신지 마라. 오래 못 가.

## 주변을 의식하는 행동을 멈추는 방법

**인기 많은 주위 친구들을 보거나**
**스스로에 대해 불만족스러운 모습이 하나씩 보일 때**
**자꾸 자책하게 되고, 작아지는 기분이 들어요.**

●●●

'비교'를 멈추지 않는 한은 주변 의식을 안 할 수 없을 거야.

내가 대학에 입학했을 때, 나랑 제일 친한 친구는 어딜 가나 인기가 좋았어. 착하고 좋은 친구라서 같이 다니면서도 늘 신경이 쓰였지. '왜 쟤만? 왜 나는?'이라는 생각을 계속하게 되는 거야. 그러다가 2학년이 되고 나서는 영어에 집중하고 싶어서 과 사람들이랑 어울리는 걸 끊고 영문과 수업을 골라 모조리 듣기 시작했어.

밥도 혼자 먹었고, 쉬는 시간에도 늘 혼자서 공부를 하거나 교내 영어 카페에서 죽을 치고 앉아 있었지. 그때 우리 과 사람들은 아마 "재는 왜 저렇게 혼자 다니나?" 싶었을 거야. 그때부터 남들이랑 나를 비교하지 않았던 것 같은데? 내가 오직 나에게만 집중하니까.

그땐 딱히 '비교하면 안 되는데, 비교하지 말아야지.' 하는 생각 자체가 들지 않더라고. 나는 내가 이뤄내야 할 것에만 목표를 두고 앞을 보고 가니까. 자신감이 넘쳤어. 그런 내가 좋았어. 술자리를 끊고 공부에만 전념했더니 살도 저절로 빠지면서 자연스럽게 날씬하고 예뻐졌지. 더 이상 인기에 연연하지 않았지만 오히려 1학년 때보다 인기도 좋아졌고. 그제야 나는, 빛이 났던 거라고 생각해.

쓸데없이 부정적인 생각들로 의식이 흐르지 못하도록 하는 가장 좋은 방법은 집중할 만한 다른 구석을 찾는 거야.

너, 집중해서 이루고 싶은 목표가 있니? 없었을 거야. 만들어. 뭐든 목표를 잡고 성취하고 발전하는 데에 집중해. 남들이랑 비교하고 자빠져 있을 시간이 없을 만큼!

## 배려하는 것에 대한 회의감

저는 늘 배려하면서 살았는데,
다들 그냥 호구로 보는 것 같아요.

●●●

배려는 진심으로 내가 원해서 행할 때 미덕이 되는 거지, '그렇게 하면 나를 사랑해 주겠지, 좋은 사람이라고 생각해 주겠지.'라는 보상 심리가 동기로 깔려 있으면 안 돼. 가짜로 배려를 하면서 살다 보면 어느새 속에 화가 잔뜩 쌓인 사람이 되어 있다. 그 누구도 내가 원하는 만큼 알아주지도, 보답해 주지도 않기 때문이지.

어느 정도 동기를 가지고 애써 배려를 해오지는 않았는지 스스로를 돌아봐.

그리고 좋은 사람으로 인정받고 싶어서 자꾸 먼저

배려하는 습관이 있었다면 네가 끊어 버려야 하는 거야. 괜히 남들이 알아주지 않는다고 회의감 느끼고 있을 게 아니라.

PART 4

# 아프지 않은 사랑은 없어

겨우 얼굴 두 번 본 사람과도 사랑에 빠질 수 있다.
사랑은 '그와 내가 얼마큼의 시간을 함께 보냈는가'가 아니라 '그의 생각에서 벗어날 수 없는가'의 문제로 시작되기 때문이다.

## 바쁘지만 날 아끼는 사람과
## 그냥 바쁘기만 한 사람

너무 바쁜 애인.
"네가 없어도 나는 잘 살 수 있다.
날 못 견딜 것 같으면 떠나라. 붙잡지 않는다."라는 식으로
저를 대하는데, 바쁜 사람들은 원래 그런가요?
절 좋아하기는 하는 걸까요?

●●●

너무 바쁜 사람들의 공통점은 상대를 서운하게 하고 기다리게 하며, '내 생각을 하기는 하나?'라는 의문을 품게 만든다는 것이지. 그런데 바쁜 와중에도 너를 아끼는 사람과 그냥 바쁘기만 한 사람을 구별할 수는 있어.

일단 바쁜 와중에도 너를 귀하게 여기고 아끼는 사람은 너의 감정을 살피려 노력한다. 바쁘고 정신이 없는 자신의 상황에 대해서 미안해하기도 하고, 눈치도 볼 거야. 네가 감정이 상해 있다는 걸 알면 발을 동동 구르고 네 기분을 풀어 주기 위해서 애를 쓰겠지. 상황

은 바꾸지 못한다 하더라도, 최소한 말만이라도 말이야. 너에게 아쉬운 만큼! 너를 잃을까 두렵고 걱정이 되는 만큼! 딱 그만큼 말이지.

반면에 너의 애인은 "이게 나야. 내가 좋으면 그냥 네가 참아."라는 마인드인데, 그건 상대에 대해서 그만큼 아쉬움이 없다는 뜻이야. 그런 사람은 상대의 감정에 대해서 고려하거나 배려할 생각도 없어. 아마 상대가 무슨 생각을 하는지 자체에 관심이 없을걸? 그럴 때 상대방이 내 마음 좀 알아 달라고 칭얼대기라도 하면 '왜 이렇게 피곤하게 굴어.'라며 짜증을 내기도 하지.

이런 사람들은 자신의 모든 상황을 다 받아들이고, 그에 대해서 불만을 제기하거나 칭얼대지 않으며, 관계에 대해서 새로운 방향을 제시하지 않을, 한마디로 자신을 피곤하게 하지 않을 사람을 원하지. 이기심으로 가득한 사람을 사랑했구나.

## 눈치껏 배려하는 것이 오히려 독이 될 때

저희 커플은 서로를 배려한답시고
자기가 할 말을 정확히 안 하거나
상대방 눈치 봐 가면서 지레짐작하는 편인데,
오히려 이 점 때문에 서로 오해가 쌓여서 지치는 것 같아요.

●●●

맞아. 정확한 의사 표현을 하지 않은 채로 '내 생각에 배려'라고 여겨지는 것을 하곤 하지만, 그게 상대에게는 어떤 식으로 해석이 될지 모르는 일이더라.

예를 들어, 내가 애인과 데이트를 하는 내내 피곤해서 졸았던 적이 있어. 내가 차에서 잠이 드니까 애인은 본인 딴에 나를 배려하기 위해 '아라가 피곤하니까 일찍 들여보내서 쉬게 해야지.' 하고 집 앞으로 왔더라.

그런데 나는 서운한 거야! 아무리 피곤해도 주말인

데, 더 같이 있고 싶은데, 그가 나에게 직접적으로 "네가 피곤한 것 같아서 힘들까 봐 집으로 왔어."라고 하지 않았기 때문에 나는 정확한 그의 심정을 몰라. '이제 나랑은 놀 만큼 놀아서 다른 데 가서 놀려고 그러나? 아니면 자기도 피곤해서 일찍 들어가서 쉬고 싶은 건가?'라는 생각이 들었지. 그래서 내 딴에는 또 배려라고 아무렇지 않은 척 그를 보냈네? 그이는 '역시 아라가 피곤해서 데이트를 더 하고 싶지 않았구나. 집에 들여보내길 잘한 거겠지.'라고 생각을 했겠지? 이런 식으로 오해가 쌓이게 되는 거더라.

그러니까 이제는 배려가 미덕이라는 생각을 버렸으면 좋겠다. 너는 상대방 기분 생각해 주느라고 할 말 똑 부러지게 못 하고 우물쭈물하는 건데, 그게 상황을 더 악화시키고 있잖아. 문제점을 바로잡아야지. 그러려면 '배려해 주고, 눈치를 봐 주는 게 그를 위한 거야.'라는 생각을 버려야 해. 한 사람 정도는 결단력을 보여야지. "이렇게 이렇게 하자." 눈 딱 감고 네가 정해서 얘기해. 그리고 난 그게 더 '실질적인 배려'라는 생각이 든다.

나는 친구들이랑 약속 장소나 메뉴 등을 정할 때 나서

서 정하지 않고 "뭐든 괜찮아."라고 하는 편인데, 나보다 훨씬 결단력이 약하고 결정을 잘 못하는 사람과 약속을 잡을 땐 그냥 내가 "여기서 몇 시에 보자, 메뉴는 이렇게 하자."라고 딱 얘기해. 그건 상대방을 배려하지 않기 때문이라거나 내가 이기적이어서가 아니야. 내가 그렇게 확실하게 정해 주면 딱히 의견이 없었던 상대방은 "오, 좋아!" 하고 편하게 따라오는 거거든.

이렇게 상황에 따라, 그리고 사람에 따라 배려의 방법이 달라질 수 있는 게 아니겠니?

## 애인의 애정 표현에
## 목숨 걸게 되는 이유

애정 표현을 충분히 받지 못하면
너무 쉽게 외롭다 느끼고 사랑이 끝났다고 생각하게 돼요.
남자 친구한테 예쁨 받는 것에만 신경 쓰고
집착하는 저를 바꾸고 싶어요.

●●●

너 자신을 인정해 줄 다른 믿을 구석이 없으면 그렇게 돼. 상대방의 칭찬과 애정 표현에 내 모든 가치가 좌우되는 느낌을 받고 목을 매게 되지.

나도 남자에게 사랑받고 표현받는 것에 가장 큰 의미를 뒀던 시절이 있었어. 그 외에 내 가치를 확인할 다른 방법이 딱히 없었거든. 그러니까 '나는 남자한테 인기가 많아, 내 남자는 나를 이만큼 사랑해.'라는 걸로 내 가치를 올리고 싶었던 거야.

효율적인 사람이 되기로 결심한 후부터 일에 대한 사명감과 자부심이 생겼어. 또, 글 쓰고 그림 그리는 걸로 많은 사람들의 관심과 존경을 받게 되었지. 그제야 더 이상 남자한테 받는 관심에 집착하지 않게 되더라. 나는 그게 아니어도 잘난 구석이 많으니까. 이 마음이 무의식에 딱 자리 잡혀서 더 이상 외부적으로 확인할 필요가 없어진 거지.

그래서 사람은 이성의 관심과 애정 말고도 스스로를 인정하고, 존경할 수 있는 구석이 하나쯤 필요한 거야.

## 마음 주면 떠나지 않을까 지레 겁이 날 때

마음을 주는 게 너무 두려워요.
마음을 주면 떠날 것 같은 불안감이 들어요.

●●●

그 누구든 떠날 수 있음을, 결국은 돌아서고 뒤통수를 칠 수 있음을 받아들여.

누구도 네 곁에 머무르리라 장담하지 마. 네가 믿는다고 해서 머무르지도 않고, 믿지 않는다고 해서 떠나지도 않아. 네 곁의 모든 사람은 언젠가는 네가 잃어야 할 사람이라고 생각해. 회의감을 느끼라는 말이 아냐. 어떤 관계에서든 최선을 다하되, 누구를 잃더라도 네가 무너져서는 안 되니까.

지금 누구를 만나고 있고 누구와 연락을 하고 있고 어떤 사랑을 받고 있든, 내일 당장 수틀리면 떠날 수도 있는 사람이라고 생각해. 그렇게 하루하루를 만나 가는 거야. 10년 장기 계획을 세워 두고 만나는 게 아니라.

## 좋은 사람을 만나고 싶은 기대

이렇게 자기 계발하고 멋진 사람이 되다 보면
좋은 사람을 만나겠죠?

●●●

자기 계발에 힘쓰고 멋진 사람이 된다고 해서 좋은 인연이 반드시 찾아올 거라고 장담할 수는 없어. 정말 멋진 사람이라도 좋은 인연을 못 만나 오래도록 혼자인 경우들도 많이 있으니까.

단지, 네가 멋진 사람이 되고 나면 시시한 사람에게 어설프게 곁을 내주는 일은 없을 거야. 스스로의 가치를 알고 함부로 타협하지 않게 되기 때문이지.

그때가 되면 꼭 좋은 사람을 만나야만 한다는 갈증 자체가 해소돼. 나 혼자서도 보란 듯이 삶을 살아 낼 자신이 생기니까 굳이 연애나 사랑에 연연하지 않게 되지.

그러니까 언젠가 믿을 만한 사람이 나타나기만을 바라고 있지 말고, 누가 뒤통수를 치더라도 무너지지 않을 너 자신을 만드는 데에 집중해.

## 밀당과 표현의
## 올바른 정도

**밀당이 필요하다고 하셨는데,**
**표현을 얼마만큼 어떻게 해야 하나요?**

밀당이 필요하다는 말은 그를 좋아하는 마음을 숨기라는 뜻이 아니야. 다만, 그의 모든 말과 행동에 촉각을 곤두세우고 눈치를 보는 모습을 보이지는 말란 뜻이지.

남자도 사랑받는 거 좋아해. 좋은 것들은 표현해 줘. '나는 당신 이런 모습이 좋고, 이런 게 멋지고.' 대신에 '나, 당신이 너무 좋아서 불안해.'라는 메시지는 주지 마. '나 당신이 좋아.'까지만 표현해. 불안해하면서 나를 원하는 사람과 자신 있고 당당하게 나를 좋아해 주는 사람. 어느 쪽이 더 매력 있겠니?

## '사랑해' 라는
## 말을 하지 않는 사람

정말 다정하고 잘해 주는 애인인데
사랑한다는 말을 안 해요.
왜일까요?

우리 애인도 나한테 한 번도 "사랑해."라고 한 적 없지만 꼭 말로 듣지 않아도 충분히 느껴진다면 상관없던데. 단지 그 표현이 낯간지럽고 쑥스러워서 그렇겠거니 할 뿐이지.

우리 엄마도 나한테 "사랑해."라는 말은 하지 않아. 말로 하는 표현에 서툰 사람이거든. 대신에 "밥 좀 많이 먹어라. 살 좀 쪄라. 밀가루 음식 말고 밥을 먹어라. 옷 좀 따숩게 입고 다녀라. 찬물 말고 따듯한 물을 마셔라." 등의 잔소리를 들을 때, 또는 내가 좋아하는 것들로 냉장고를 가득 채워 둔 것을 봤을 때 '아, 엄마가 나를 사랑하는구나.'라는 걸 느낄 수 있지. 엄마가 "딸, 사랑해."라고 말을 하지 않는다고 해서 날 사랑하지 않는 게 아니잖아?

나도 "자기 너무 좋아. 좋아해. 멋져. 최고야!" 등의 표현은 서슴없이 하는 편인데, 유독 "사랑해."는 가슴팍에 걸려서 쉽게 나오지가 않아. 말로 꺼내기에 너무 묵직한 감정이라서 그런 건지도 모르겠어. 대신에 애인을 아이처럼 안아 주고, 토닥거리고, 머리를 쓰다듬어 주지. 그게 내 사랑의 방식이니까.

표현도, 행동도 없다면 의심이 들 만도 하겠지만 행동으로 보여주는 사람이라면 단지 "사랑해." 한 마디를 듣지 못했다고 해서 사랑을 의심하지는 말자.

대화를 통해서 사랑한다는 말을 끌어내야 하나 생각하는 사람들이 있을 텐데, 원래 표현에 익숙지 않은 사람들에게는 억지로 그 말을 끄집어내서 입에 올린다는 게 '고통'에 가까워. "사랑하면 그 고통쯤 참고 해 줘야 하는 거 아닌가요?"라고 할지도 모르겠는데, 너에게 "날 사랑한다면 사람들 많은 광장에서 사랑한다고 크게 외쳐 줘!"라는 주문을 한다면 어떨 것 같아? 부끄럽고 낯간지럽고 주춤거리게 되고 썩 내키지가 않겠지? 아무리 마음은 사랑하고 있더라도 말이야.

표현에 익숙지 않은 사람들에게 억지로 말을 해 달라고 하면 심적으로 이와 비슷한 부담을 느낄 수 있어.

## 나를 기만했던 사람을 끊지 못할 때

나를 두고 바람피운 사람인데 흔들려요.
용서하고 싶고, 다시 만나고 싶어요.

●●●

많이 좋아했던 사람인데, 잘못을 인정하고 노력하겠다고 하면 당연히 흔들릴 수 있지.

기회를 주느냐 마느냐는 전적으로 너에게 달렸지만, 그는 이미 한 번 너를 기만했던 남자야. 다시 만나더라도 그 사실은 끊임없이 너를 괴롭힐 거야. 이미 깨진 믿음은 관계를 병들게 하고 무엇보다도 너를 병적으로 만들지. 다시 만나더라도 건강한 관계가 될 수는 없을 거야.

계속 그렇게 의심하고 불안해하면서 사랑할 자신 있

니? 너를 갉아먹으면서? 아무리 상대방이 좋아도 나를 병들게 하는 관계라면 끊어야 할 때가 있다. 감정적으로는 아프지만 나를 위해 현명한 선택을 하는 거지.

하지만 아무리 상대가 큰 실수를 했고 실망을 안겼다 하더라도 아직은 좋은 마음이 더 크기 때문에 지금 당장 억지로 마음을 끊어내지 못할 수도 있어.

이런 상황에서야말로 그저 시간이 약이지. 더 버텨봐. 그렇게 계속 만나다 보면 '와… 나 이러다 정신병 걸리기 딱 좋겠다. 이 사람이 없어야 내가 숨을 쉴 수 있겠다.' 싶은 시점이 올 거다. 그전까지는 어떤 충고와 조언도 딱히 도움이 되지 않을 거야.

## 애인의 권태기

**애인이 나와의 관계에서
권태로움을 느끼는 것 같은데
어떻게 해야 할까요?**

●●●

이럴 때일수록 상대를 살피기보다 너 스스로에게 더 집중할 필요가 있어.

상대빙의 권태로움이 해소되고 있는지 계속 눈치를 보고 머리를 싸맬수록 너는 더 지루한 사람이 되고, 네가 불안에 휩싸일수록 잦은 의심과 구속 등으로 그를 피곤하게 만들기 십상이야. 그렇게 되면 상대방의 권태로움이 해소되기는커녕 오히려 그 몸집을 키우게 될 거고, 그는 너에게서 점점 더 도망가려고 하겠지.

그에게 권태가 찾아왔다고 해서 지금 당장 직접적으로 네가 할 수 있는 일은 없어. 따라서 그가 지금 무슨 생각을 하고 있든지 간에 넌 너를 더 가꾸고, 발전시키면서 네 삶에 초점을 맞춰야 해. 그런 사람은 쉽게 지루해지는 법이 없지.

또한, 네 애인이 권태감을 느낀다고 해서 네가 무조건 맞추고 배려하는 건 좋은 생각이 아니야. 오히려 더 진부하고 지루하게 느껴지는 수가 있거든. 다정하게 잘해 주되, 어떤 상황에서도 네 권리는 지키고, 할 말은 해.

## 이성 친구와의 관계

### 이성 친구와의 관계에 대해서는 어떻게 생각하세요?

이성 친구와의 사이는 언제든지, 그리고 얼마든지 더 깊은 사이로 발전할 가능성이 있다고 본다.

지금이야 우정일 수 있겠지만 그래도 남녀 사이인데 마음이 변치 않는다는 보장은 없지. 이런 감정을 느끼다가 시간이 지나면 저런 감정을 느끼기도 하는 게 사람이니까.

이성과 우정을 나누고 있다면 거기에 영원을 갖다 붙일 수는 없을 것 같고, '현재까지는 우정'이라고 표현하는 게 맞지 않을까 싶어. 영원히, 끝까지, 무슨 일이 있더라도, 세상이 끝나는 날까지도 무조건 여(남)사친이기만 한 여(남)사친은 없다.

나도 '그냥 친한 오빠' 혹은 '남사친'이라고 부르는 사람들이 꽤 있었는데, 알고 지내면서 중간중간 한 번씩 이성적인 호감을 느끼기도 하고 가끔은 심쿵하는 포인트를 발견하기도 했어. 그때 '아, 이래서 남녀 관계는 언제 어떻게 될지 모르는 일이구나'라는 걸 느꼈지. 그래서 순도 100%의 이성 '친구'는 없다고 본다.

## 나와 있어 주기를 바라는 욕심

저랑 데이트하다가도 친구들,
지인들과의 약속 자리에 가는 애인이 야속해요.

●●●

그 사람이 가고 싶은 곳에, 있고 싶은 곳에 최대한 있을 수 있도록 해 줘.

너를 위해 억지로 시간을 함께 보내기 시작하면 네 애인 입장에서는 희생을 하고 있다고 느끼게 된다. 좋아서 네 옆에 있는 게 아니라 네가 서운해하니까, 너에게 맞춰 주기 위해서 네 곁에 있게 되지.

그렇게 자신이 하고 싶은 것, 만나고 싶은 사람과 가고 싶은 곳 등 포기하는 것이 하나둘씩 늘어 가. 그러다 보면 지치기도 하거니와 보상 심리가 생겨서 트러블도 분명 생길 거고, 너를 위해 능동적으로 행동하고 싶은 마음이 줄어들게 되어 있어. 왜? 평소에 늘 참고 인내하고 맞춰 줬으니까.

네가 떼쓰지 않아도 스스로 네 곁에 더 있고 싶도록 만들어야지, 억지로 곁에 잡아 두려 하면 안 돼. 그런다고 그의 마음이 네 곁에 머무르지는 않아.

## 고백하기 전 마음 자세

**고백을 하고는 싶은데 신중히 하고 싶기도 하고,
타이밍도 고려하느라 망설여져요.**

● ● ●

'이 사람이 나를 어떻게 생각할까, 내가 이런 말을 하고 행동을 했을 때 어떤 반응을 보일까, 싫다고 하면 어쩌나.' 이런 생각을 하느라 망설이고 있으면서 신중이니 타이밍이니 핑계를 대고 있는 건 아니고?

마음을 던질 때는 상대방이 어떤 생각을 하든 상관없이 전할 수 있어야 하는 거야. 타이밍은 내가 맞추는 게 아니라 맞아떨어지는 거고. 고백을 할 때는 '아님 말고' 정신이 필수적이란다. 그래야 일단 내던질 용기가 생기고, 까이더라도 충격을 완화할 수 있지.

## 연애 좀 하라는 주변의 오지랖

주변에서 연애하라고 난리를 쳐요.
저는 제 이상형이 아니면 마음이 안 가는데,
무조건 연애하라고 닦달하는 사람들한테
뭐라고 말해야 할까요?

●●●

"네! 곧 할 거예요."라고 말하고 뒤돌아 조용히 소신 지키면 돼.

그들을 납득시키려고 하지 말 것. 그들에게는 그들만의 믿음, '젊을 때 어떻게든 연애를 해야 한다. 누구든 만나야 한다.' 같은 생각이 강하게 자리 잡혀 있기 때문에 무조건 그게 옳다고 생각해.

반면에 네 가치관과 소신, '맘에 차는 이성이 나타나지 않으면 차라리 혼자가 낫다'는 생각은 너 스스로의 믿음이라 그들은 이해하지 못하지. 네가 네 믿음을 계속 주장해봤자 그들 역시 계속 반박하고 훈계할 거야. 본인들이 맞는다고 생각하니까. 그냥 대충 수긍하는 척만 해. 귀찮잖아. 입 아프게 얘기해서 뭐 해, 어차피 들을 것도 아닌데.

참고로 나는 우리 삼촌이 "너 그렇게 남자 갈아 치우면 안 된다. 한사람을 꾸준히 만나라. 이제 나이도 있는데 시집가야지." 하는 말에 어느 순간부터인가 더 이상 반박하지 않았어. 대신 "헤헷, 때 되면 하겠지, 뭐!"라고 빙구 웃음을 지었더니 일장 연설로 이어질 것이 금방 끝나더라. 왜냐, 내가 그의 믿음을 건드리는 발언을 하지 않았기 때문이지.

## '불편한 과거'에 대해 털어놓을 적절한 시기

이혼한 경험이 있는데,
새로운 사람을 만났을 때
언제 이런 이야기를 하는 것이
현명할지 많이 고민이 됩니다.

●●●

만남 초기에 이야기를 하는 게 맞지 않나 싶다. 네 입장에서는 아직 깊은 관계가 아닌 사람에게 아픈 과거를 털어놓는 것, 그에 대한 상대의 반응을 마치 선고처럼 기다려야 한다는 것이 힘들고 고통스러운 일일 거야.

매번 두렵겠지. 과거를 잣대로 현재와 미래의 네가 판단되고, 거부당할 수도 있다는 게. 하지만 두려워도 조금만 더 용기를 내었으면 하는 바람이야.

상대방 입장에서 '이혼 여부'는, 정식으로 교제를 시작한 후에 듣게 되면 충분히 배신감을 느낄 수도 있는 요소라고 생각해. 물론 그마저도 안아 줄 사람이 있을 수 있겠지만, 개인적으로는 교제를 시작하기 전에 그에게도 고려할 시간과 선택의 여지를 주는 게 맞지 않나 싶어.

언젠가는 까야 할 패를 쥐고 있음을 너는 이미 알고 있는데, 상대방은 아무것도 모르는 채 너와 시간을 보내는 거잖아. 그 시간 동안 그는 너와 함께할 연애나 미래에 대해 그 나름의 기대를 걸고 그림을 그렸을 텐데. 배신감과 실망감이 그만큼 커지겠지?

'싫다고 하면 어쩌지? 아무래도 안 되겠다는 말을 들으면 어떡하지?' 등의 생각을 하면 자꾸 위축되고 두려운 마음이 커져서 용기 있게 털어놓는 일이 더 힘들어질 거야. '싫다고 할 수도 있다. 아무래도 안 되겠다 싶을 수도 있겠지. 이건 좀 아닌 것 같다고 한다면 그래, 마음이 아프더라도 보내 주자. 그의 가치관이고, 선택이다.' 이를 악물고 그렇게 다짐하면 조금 더 용기가 생길 거야.

## 서운한 마음을 전하고 싶다면

남자 친구가 취직하면서 항상 피곤하고 지쳐 있는데,
그런 남자 친구를 보면
예전 같지 않음에 서운하고 자꾸 섭섭해져요.
딱히 해결책이 없을 것 같긴 하지만,
이런 문제에 대해 대화를 해 보는 게 좋을까요?

●●●

그래, 이런 문제에 대해서는 해결하고 싶다는 기대를 버려야 하더라.

하지만 당장 네 마음이 섭섭하고 답답한데 아무 말도 하지 않고 혼자 참으려니 힘이 드는 거잖아? 감정을 쌓아 둔다는 게 힘든 일이거든.

이럴 땐 상대에게 해결책과 변화를 요구하는 식, 즉 "나 너무 섭섭하니까 고쳐 주면 안 돼? 좀 안 피곤해하면 안 돼?" 처럼 얘기하면 상대방도 피곤하다고 느끼고 괜한 짜증과 반항심이 생길 수 있거든? 그러니까 상대방에게 무언가를 요구하지 않으면서도 네가 어떤 감정을 느끼고 있는지 잘 전달한다는 느낌으로 얘기를 해 보는 게 최선인 것 같다. 그러면 상대방도 부담을 크게 느끼지 않으면서 자신의 의지로 그 상황에 대해 한 번쯤은 생각을 해 보게 되겠지.

그에게서 어떤 반응이 나올지는 장담할 수 없지만, 그래도 너는 네 감정을 전했으니 훨씬 속이 시원해질 거야.

## 상대방의 사소한 행동에 헷갈리는 순간

호감은 서로 갖고 있는 것 같은데,
바쁘면 동굴로 들어가 버리네요.
그래도 가끔 먼저 연락을 주기도 해요
자기 사진을 보내며 주절거리기도 하고요.
자주 이러니 무슨 생각인지 궁금해요.

●●●

그 사람은 '자기 일 해결'을 위해서 동굴로 들어가는 게 아니라, 그냥 너랑 늘 닿아 있고 싶은 마음이 없는 거라고 보인다.

"가끔 먼저 연락을 주기도 하고요." 너는 가끔 한 번씩 먼저 오는 연락에만 초점을 맞추고 그 나머지 연락이 안 되는 시간에 대해서는 냉정하게 판단하지 못하고 있어. 그래서 쓸데없는 희망을 걸고 있는 거야.

아가, 잘 생각해 보면 '그가 너에게 관심이 없다는 증거'가 훨씬 많을 텐데도 너는 혹시나 하는 마음에 '나에게 관심이 있다고 생각하게 만드는 것들'에 자꾸 초점을 맞추고, 부각하고, 의미 부여를 하고 있어. 그건 스스로를 계속해서 희망 고문하는 거야. 오래 괴롭고 싶지 않다면 냉정하게 보고 빠져나오렴.

## 고백을 거절당한 후의 자괴감

고백했는데 처음 차여 봤어요.
저 자신이 부끄러워요. 자존감이 바닥을 쳐요.
내가 너무 못생긴 것 같고
몸매도 별로인 것같이 느껴지고…
이럴 때 어떻게 생각하는 게 도움이 될까요?

●●●

맞아. 차이고 나면 부끄럽지. 나도 그런 경험이 있어.

어떤 남자에게 한창 대시를 받았었는데 그때는 무시를 했다? 근데 계속 연락을 주고받으면서 나중에 좋아진 거야. 그래서 "좋아하는 것 같다."라고 먼저 말했는데 반응이 미적지근했어. 딱 감이 왔지. '아, 이놈은 맘 떴구나.' 어쨌거나 거절당한 거잖아. 너무 창피하더라. '말하지 말걸… 끝까지 나도 쿨한 척할걸!!' 후회가 되고, 그러고 나면 며칠은 힘들더라. '나 별로인가…' 스스로에 대해서 의문이 들고, 자신감이 떨어지지.

하지만 그 생각에 묶여 지내지는 않았어. 남자가 그 밖에 없는 건 아니니까. 그리고 마음을 주고받는 데에도 다 타이밍이 있는 거라고 해석을 했지. 그 남자도 초반에 나를 짝사랑할 때는 힘들어했거든.

여러 사람을 만나고 어긋나기도 하면서 알게 되었다. 인연이 이루어지고 말고는 단순히 내 매력의 정도에 달린 문제만은 아니라는 것을. 그 순간 상대의 마음가짐과 환경, 심적 여유, 타이밍 그 모든 것이 맞아떨어져야만 하지. 근데 이걸 단순히 내 매력의 여부 때문이라고 해석하는 순간 자신감, 자존감이 급격히 하락하는 거야.

그 남자 말고도 비슷한 경험들이 있어. 처음엔 좋다고 들이대더니 내가 만나자니까 발을 빼는 사람들이 있었지. 그때 정말 기분이 더러웠어. 그럴 거면 애초에 들이대지나 말지. 그때도 며칠을 힘들어했던 것 같다.

그냥, 사람 사는 거 다 똑같다는 말을 하는 거야. 그러니까 그 감정에 사로잡혀 있지 말고 최대한 빨리 벗어나. 남자가 뭐 그놈밖에 없어?

## 애인 생각을 줄이는 방법

애인을 덜 좋아할 수 있는 방법이 없을까요?
그 사람 행동 하나, 말 하나에
기분이 좌지우지되는 게 너무 싫어요.
조금 덜 좋아하고 덜 상처받는 방법 같은 건 없을까요?

●●●

그 사람을 덜 좋아할 수 있는 방법은 다른 걸 더 좋아하는 방법밖에 없어.

사람의 뇌는 생각으로 채워져 있단 말이야. 아무리 생각이 없어 보이는 사람이라도 사실은 어떤 생각이든 하고 있는 거야. 단지 비효율적인 생각을 할 뿐이지. '아, 진짜 할 거 더럽게 없네. 친구나 만날까. 아, 그것도 귀찮다. 씻고 나가야 되잖아. TV나 볼까.' 등의 무의식적인 생각들로 100% 가득 차 있어. 전혀 아무런 생각도 하지 않는 순간이 아마 없을걸?

때문에 연애도 밀당도 뇌를 무슨 생각으로 채우느냐가 관건이 되는데, 네가 좋아하는 게 남자 친구밖에 없으니까 계속 남자 친구 생각을 하게 되는 거야. 어차피 뇌는 100% 생각으로 채워져야 하니까 네가 좋아하는 것, 집중하는 것에 대해서 자동적으로 생각을 하게 되겠지? '그 사람은 나를 어떻게 생각할까? 아, 내가 더 좋아하면 안 되는데, 아니야, 아니야, 이런 것도 자꾸 생각하면 안 돼… 근데 마지막 카톡이 언제 왔었지?' 이런 식으로 말이지.

네 머릿속에서 그 사람을 밀어내고 싶으면 그 자리를 다른 생각으로 채우는 수밖에 없어. 아무리 운동, 취미, 독서 등에 집중하려고 해도 무의식은 '네가 진짜 좋아하는 것'을 알고 있기 때문에 결국 그 생각으로 흘러가게 돼.

네가 진심으로 집중하고, 좋아하는 무언가를 찾지 않는 이상은 그 사람 생각을 밀어낼 수가 없다는 얘기지.

## 내가 좋아하는 사람은 날 안 좋아하는 이유

**내가 좋아하는 사람이 날 좋아하는 건 정말 제게는 일어나지 않을 기적일까요?**

●●●

이게 왜 기적 같은 일이라는 말이 나오는 건가 하면, 보통 자기가 좋아하는 사람을 만나면 쭈그러들고, 눈치 보고, 자신감 하락해서 핵노잼으로 굴거나 내재된 불안을 집착으로 풀어 버리기 때문이야. 상대방 입장에선 당연히 매력이 느껴지지 않지.

그래서 잘 안 되면? "내가 좋아하는 사람은 날 안 좋아해…"를 진리인 듯이 믿어 버리는 거야. 그러다 다음에 맘에 드는 사람을 만나면 '내가 좋아하는 사람은 항상 날 안 좋아했는데, 이번에도 그러면 어떡하지?' 하는 불안과 두려움에 계속 눈치 보고 노잼, 노매력을 발산해. 그렇게 또 잘 안 되는 거지.

"역시 내가 좋아하는 사람이 날 좋아하는 일은 기적이야."라면서 본인 행동 패턴을 바꿀 생각은 못 한 채 지레 포기해 버리는 일을 무한 반복하는 거란다.

## 만남을
## 회피하는 유형

호감을 가지고 연락을 주고받았는데
만나자는 말만 하면 딴소리를 하네요.
내가 매력이 없나 자괴감도 들고,
날 가지고 노는 거라는 생각을 하면서도
답장을 해 주는 제가 답답해요.

●●●

관심 있어 하며 자꾸 연락은 오는데 막상 만남을 피하는 경우에는 만날 수 없는 이유가 있는 거야. 그놈, 여자가 있는 걸 거다.

나도 비슷한 경험이 있었어. 너무 맘에 드는 사람이 있어서 연락을 주고받으며 내 딴에는 '잘돼 가고 있다'고 생각했는데 정작 만나자는 말이 없는 거야. 도저히 이해가 안 됐거든? 후에 알고 보니 나한테는 '전 여친과 헤어진 지 얼마 안 되었다.'고 말했었지만 사실은 그 여자와 헤어진 상태가 아니었던 거였지. 그냥 계속 걸쳐 놓고 간 보면서 그 여자와도 완벽히 끝내지는 못하고 나라는 여자는 또 너무 아쉽고, 두 마리 토끼를 모두 잡고 싶다, 뭐 그런 욕심 덩어리였을 뿐. 그걸 알아채자마자 '내가 저런 걸 괜찮은 놈이라고 만나려고 했다니. X될 뻔했군.'이라고 생각하고 끊어냈다.

그러니까 이걸 '나의 매력의 정도'로 해석해서 자괴감을 느낄 필요는 없어. 오히려 그놈은 여자가 있는데도 너한테 끌리고 매력을 느끼기 때문에 걸쳐 놓고 집적거리는 거야. 근데 막상 실제로 만나자니 저도 일말의 양심은 있는 거지. 그래서 실전으로 못 들이대고 온라인상으로 지질하게 구는 거야.

## 애인에게 자꾸 의지하게 되는 나

아버지의 부재 때문인지
연애를 하면
자꾸 남자에게 의지하게 돼요.

●●●

'의지, 의존'이라는 단어는 나를 지탱해 주고 안전하게 지켜 줄 것 같은 느낌을 주지. 그래서 보통 여자들이 남자를 만나면 의지하고 싶어 해. 안정감을 얻고 싶으니까. 하지만 네가 그토록 원하는 안정을 주는 남자가 그동안 과연 얼마나 있었니?

'아버지의 부재' 등을 이유로 들며 합리화하는 것을 이제는 멈추길 바란다. '나는 아빠의 사랑을 못 받아서 그 자리를 채우고 싶은 거야.'라는 생각은 의존하는 나에게 면죄부를 주지. '나는 불쌍해. 나는 아빠 사랑을 못 받았으니까 다른 남자에게서 그 사랑을 채우고 싶은 거야.'라는 생각을 하게 되고 의존도는 늘어만 가는데, 정작 타인에게 자꾸만 의존하는 나 자신의 문제점이나 개선 방향에 대해서는 생각하지 않게 돼. 독립심은 남의 얘기가 되어 버리고 결국은 또 나를 지탱해 줄 누군가가 아쉬워져서 의지할 만한 상대를 찾아 기대를 걸었다가 실망과 좌절을 반복하지. 악순환의 꼬리가 끊어질 수가 없어.

'내가 지금 아버지의 부재, 혹은 다른 그 무엇이 되었건 핑계를 대며 남자에게 의지하고 싶어 하는구나. 하지만 이런 마음은 나에게 도움 될 게 없어. 안정감이란 타인에게 바란다고 해서 얻어지는 것도 아닐뿐더러, 오히려 좌절감만 맛보게 될 뿐이지. 올바른 사랑을 주는 사람을 만나면 그 사랑을 잘 받되, 의지하지 않을 거야. 그가 없이 혼자가 되더라도 무너지지 않도록 항상 나를 가꾸고 세워 둘 거야.'라고 다짐해야 한다.

안정이란 결코 남자에게서 얻어지는 것이 아니니까. 다들 할 만큼 해 봐서 알잖아?

## 혼자만의 시간을 가지는 애인,
## 어디까지 이해해야 할까

애인이 힘들 때마다 혼자만의 시간을 갖고 싶어 해요.
그러고 잠수를 며칠씩 타는데 저는 이해가 안 돼요.
제가 얼마나 이해해야 하는 걸까요?

●●●

고민이 있거나 생각이 많을 때 혼자서 동굴로 들어가야 해결이 되는 성향의 사람은 스스로를 고립시킴으로써 마음의 평안을 얻는데, 이 경우 상대가 이해하지 않으면 딱히 방법이 없어.

나 역시 한번 다운이 되면 다 접고 잠수를 타야만 하는데 그럴 땐 그 누구의 연락도, 그 어떤 말도 도움이 되지 않아. 내가 원하는 건 "힘들지? 괜찮아질 거야." 등의 위로가 아니라 해결책이거든. 그렇기 때문에 모든 것에서 나를 차단시키고 조용히 혼자 생각을 정리해야만 하지.

상대방 입장에서는 정말 피가 마르는 일이야. 이건 네가 반드시 이해해야 할 필요가 있는 문제는 아니지만, 그저 더 사랑하는 쪽에서 답답하더라도 참고 인내하며 기다려 줘야 하는 일이지. 그런 성향에 도저히 맞춰 주지 못할 것 같으면 헤어지는 게 답.

## 내 남자의 여자 문제

**여자 문제로 속 썩이는 남자 만나 보셨나요?
자존심도 상하고 자꾸 비교하게 돼서 상처가 되는데,
어떻게 해야 하나요?**

같은 상황에서도 해석을 달리하면 상처의 크기를 줄일 수 있어.

일단 내가 피해자라는 생각을 버려. 내 남자가 유혹에 넘어가 다른 여자랑 연락을 했거나 만난 경우, '날 놓치고 도대체 얼마나 후회하려고 저런 실수를 했을까?'라고 생각하고 가차 없이 돌아서야지. 하지만 여기서 단호하게 잘라 내지 못할 경우에는 그저 속앓이를 하는 수밖에 없어.

혹은 나랑 할 거 다 했는데 알고 보니 여자 친구가 있는 경우도 있을 거야.

그럴 땐 '그 여자 진짜 불쌍하다. 네 남자 그러고 다니는 거 알기는 아니?'라고 연민을 느낀 뒤, 그런 놈이 내 애인이 아닌 것에 안도하면 된다.

## 남자 친구를 괜히 못 믿겠을 때

애인이 신뢰를 깨는 행동을 한 적은 없는데
기본적으로 이성에 대한 불신이 있어요.
바람을 피우지는 않을까 걱정도 되고요.
인터넷에 떠도는 나쁜 남자들 사연을
많이 읽어서 그런 것도 같아요.

●●●

부정적인 생각을 촉발하는 매체, 예를 들어 나쁜 남자에 관한 사연이나 막장 드라마 같은 것들을 자꾸 접하다 보면 나도 모르는 사이에 잘못된 인식이 생겨.

남자는 모두 다 똑같다든지, 모든 남자는 바람을 피운다는 식으로 말이지. 마치 그것이 진리인 양 무의식에 각인되어 버리는 거야. 그런 것들이 네가 세상을, 남자를 바라보는 시각에 영향을 미치도록 해서는 안 돼.

물론 세상엔 나쁜 남자가 많지. 하지만 '나쁜 남자를 끊어내지 못하는' 여자들이 있기 때문에 그들도 활개를 칠 수 있는 거야. 나쁜 놈을 만나더라도 네가 잘 파악하고 끊어내면 문제 될 게 없지.

네 애인이 잘못한 것도 없는데 미리 걱정하고 의심한다고 관계에 도움이 되니? 오히려 역효과를 불러올 확률이 높지. 뭐든, 물증 잡히면 그때 생각하겠다고 다짐해. 되도록이면 그전까지는 너를 불안하게 하거나 부정적인 생각이 들게 하는 것들을 가까이하지 말 것.

## 최소한의 연애 기간

연애를 할 때 조금 만나 보다가
안 맞는다 싶으면 헤어지고 싶다는 생각부터 들어서
보통 두세 달 안에 끝이 나요.
'그래도 최소한 이 정도는 만나 봐야지 알지.' 하는
기준이 있을까요?

●●●

오래 못 만나겠다 싶은 사람인데 어떻게 참아 가면서 버텨. 연애는 버티고 인내하는 게 답이 아니야.

나는 길게 만난 경우가 두세 번 있었고 그 외의 모든 연애는 2~3개월 안에 짧게 끝났어. 주변에서도 "그렇게 정착을 못 해서 시집은 어떻게 갈래, 왜 한사람을 진득이 못 만나니…" 등 걱정을 했었고 나 스스로도 문제가 있는 건 아닌지 고민과 자책을 했었어. '나는 왜 한 사람을 오래 못 만나지? 왜 이렇게 금방 싫증이 나고 못 참겠지? 남들은 연애하면서 참아 주기도 하고 눈감고 넘어가기도 하는 부분들을 왜 나는 관용으로 넘기지 못하는 거지? 이러다가 평생 혼자 살면 어쩌지?'라는 생각들을 하면서 말이야.

하지만 이제는 이렇게 생각해. 나는 그만큼 가치관과 기준이 확실해서 쉽게 타협하지 않고, '아닌 사람'을 억지로 내게 맞추려는 노력을 하지 않았기 때문이라고. 그래서 한번 연애를 시작하면 오래 만나는 사람들이 대단해 보이면서도 그게 무조건 옳다거나 더 나은 가치라고 생각하지는 않아. 최소한 1~2년씩 맞춰 봐야 안다고 생각하는 사람들도 물론 있겠지.

그런데 그럼 뭐하니? 어차피 걔들도 다 헤어지는걸.

## 똥차 보내고 벤츠 탈 여자의 조건

'똥차도 지나친 널 벤츠가 태우겠냐'는 말에 대해서는
어떻게 생각하세요?

●●●

그러니까 '똥차도 무시하고 지나칠' 만한 여자에 머물러 있으면 안 되는 거지. 벤츠 탈 준비를 해야지. 더 움직이고, 가꾸고, 예뻐지고, 바빠지고!

'나는 똥차도 무시하고 지나가는 여자야.'라는 생각에 빠져 버리면 자신감도 의욕도 떨어지고 위축이 돼서 발전이 없는 채로 머물러 있게 될 확률이 높아. 늘 '더 멋진 나'로 가꾸기 위해서 노력하렴. 벤츠가 왔을 때 "그래. 이게 딱 내 차야!" 하며 자신 있게 올라탈 수 있도록.

## 새로 시작하는 관계에 대한 기대감

**오래 잘 만날 사람을 찾고 싶어서 처음부터 관계를 좀 깊게 생각하는 경향이 있어요.**

●●●

'안정적으로 오랜 연애를 하고 싶다. 이 사람이 꼭 그런 인연이었으면 좋겠다.'라는 생각으로 연애를 시작하는 경우가 많지.

하지만 그런 기대와 바람을 가진다고 해서 오래 만나게 되는 것도, 깊게 사랑하게 되는 것도 아니야. 기대했지만 결국은 엉망진창이 되는 경우가 대부분 아니던? 그래서 애초에 기대를 내려놓으라는 거야. 길고 안정적인 연애가 하찮거나 우스워서가 아니라, 기대해 봤자 나한테 딱히 득 될 게 없으니까.

일단 '뭐, 너도 별거 있겠냐.'라는 회의감 가득한 마음으로 시작하면 적어도 내가 걸었던 기대 때문에 크게 실망하거나 상처받지는 않아. 또한 기대가 없었기 때문에 오히려 예상치 못했던 좋은 인연을 만나기도 해.

## 신뢰의 회복

**애인과 깨진 신뢰를 회복하는 법은 없을까요?**

신뢰에 한 번 금이 가면 '금이 간 독'이 되는 거야. 금이 간 독에 물을 퍼다 부어서 채워 넣으려고 노력을 할 수는 있겠지. 처음에는 잘 되는 듯 보이겠지만 물 붓는 사람도 곧 지치고 말아. '아니, 이 정도 했으면 된 거 아니야? 어지간히 좀 하지?'라는 생각이 들게 되면 그게 언행에서 티가 나지. 그럼 금이 간 독은 또 한 번 상처를 받게 돼.

서로 노력한다고 하는데도 이 과정이 반복되게 돼 있어. 그래서 이미 깨진 신뢰를 회복하는 방법은 없다고 본다. 견딜 수 있을 때까지 견딜 뿐이지.

## 매력적인 성격

제가 외향적이지 않아서
이성으로서 매력이 없는 듯해요.
이렇게 내향적인 모습이 단점 같아서 고치고 싶어요.

●●●

너는 원래 외향적인 성격이 아닌데 왜 그걸 이성에게서 예쁨 받고 인정받기 위해서 억지로 고치니?

그건 진짜 네가 아니잖아. 너는 너대로 살아. 그리고 '그런 너'를 인정하고 존중하고, 멋지다고 생각해 주는 사람을 찾아서 만나야 하는 거지. 네가 외향적이지 못한 건 단점이 아니야. 그래, 누군가에게는 그런 너의 모습이 매력적이지 않다고 느껴질 수도 있겠지. 하지만 그건 둘의 성향이 맞지 않는 것뿐. 그 어떤 경우에도 너는 '네가 아닌 그 무언가'가 되려고 하지 말 것.

'이게 나야. 이런 내가 싫으면 어쩔 수 없지, 뭐.'라고 할 줄 알아야 해.

## 프로필에 내 사진을 걸어 주길 기대하는 마음

애인이 카톡 프로필을 제 사진으로
걸어 줘야 사랑받는 느낌이 들어서 집착하게 돼요.
자꾸 제 사진으로 해 달라고 징징거리게 되네요.

'카톡 프로필을 내 사진으로 걸어 두는 것이 나를 사랑한다는 증거다.'라는 믿음이 있다면 버려. 그건 개인의 믿음일 뿐이지, 진리가 아니야. '사랑한다면 ~해야 한다.'라는 식의 믿음이 있으면 거기에 쓸데없이 집착하게 되고 본인만 괴로워.

나에게는 딱히 그런 믿음이 없기 때문에 애인이 프로필이나 SNS상에 티를 내지 않는다고 해도 전혀 개의치 않고 불안해하지도 않으며 그를 피곤하게 할 일도 없지. 얼마나 편하고 좋아.

## 남자 친구가
## 왜 이리 불안할까

'날 두고 바람을 피우진 않을까,
헛짓거리를 하지는 않을까'
이런 걱정 안 드시나요?

●●●

기본적으로는 딱히 그런 불안이 없는데, 혹시나 만약에라도 내 남자가 딴짓을 한다면, 물증을 잡았다면, 그땐 그냥 버리고 갈아타면 된다는 생각이야. 난 늘 나를 멋지게 가꿀 테니까 여전히 멋진 여자일 거고 나 좋다는 남자는 또 있을 텐데, 날 두고 딴짓하는 놈을? 굳이?

나는 남자를 믿고 연애를 하지 않아. 내 남자가 알고 보니 아닌 놈으로 밝혀졌을 때 가차 없이 돌아설 '나 하나를 믿고' 연애하는 거지.

## 애인이 달려와 줬으면 하는 마음이 들 때

애인에게 기대고 싶은, 그가 필요한 순간이 있는데
달려와 주지 않으면 서운해요.

●●●

물론 그럴 때 애인이 있어 줬으면 좋겠지. 하지만 내가 필요할 때마다 그가 내 필요를 알아주고 달려와 주고 안아 줄 수는 없어.

내 애인이기 이전에 그도 한 사람으로서 그의 생활이 있고 그만의 피로함, 고단함이 있잖니. 자꾸 달려와서 안아 주고 달래 주기를 바라면 나만 계속 서운함을 느끼게 돼. 차라리 내가 독립심을 기르는 게 빠른 방법이지.

힘들고 우울할 때 나는 애인을 찾지 않고 홀로 맥주

한 잔을 마신다. '내 외로움과 우울은 내가 가장 잘 알고 있다. 나만이 나를 달랠 수 있다.'는 생각으로 말이야. 그리고 이런 외로움과 우울함을 어느 정도 달랜 후에 애인에게 얘기를 하지. 내게 이러한 시간이 있었다고 말이야. 그러면 괜한 기대를 걸었다가 서운함을 느낄 일이 없어. 하지만 이럴 때 '오직 애인만이 내 마음을 달랠 수 있어!'라고 생각한다면 자꾸 나한테 달려와 주기를 기대하게 되겠지?

울적한 마음이 생겼을 때 내가 스스로를 잘 달랠 수 있으면 애인에게 덜 의지할 수 있어. 연습해.

## 사랑과 일 사이에서 고민이 될 때

세상에 다시 없을 것만 같은 그런 남자를 만났는데,
하필 지금 인생에 있어서 정말 중요한 일이 겹쳐 버렸어요.
사랑과 일, 둘 중에 하나를 골라야 하는 상황이라면
어떻게 해야 할까요?

●●●

'정말이지 이런 남자는 다신 없을 거야.'라는 착각이 늘 들겠지만, 또 있다는 걸 알게 될 거다. 네가 멋진 여자라면 말이야. 환상에 속지 말고 해야 할 일을 해. 그리고 네 인생의 중대한 일을 했을 때 곁에 있어 주지 못하고 사라질 놈이라면 이미 '그만한 남자' 타이틀에서 벗어난 거지.

난 만약 남자 때문에 내 일을 타협해야 한다면 그냥 사랑을 포기할 거야. 사랑은 어떻게든 또 오겠지만, 내 인생은 한 번이니까.

## 사랑받지 못할까 두려운 마음

나를 가꾸고 노력해도 사랑받지 못할까 봐 두려워요.
저도 사랑받을 수 있겠죠?

●●●

'나도 사랑받을 수 있을까?'라는 질문 자체를 하지 않도록 노력해 봐. 어차피 어떤 대답을 듣더라도 스스로 마음 깊숙이 확신이 들지 않아서 계속 괴로울 거야.

위로를 받더라도 잠깐이며, 그 시간이 지나면 다시 불안해지겠지. 자꾸 '사랑받을 수 있을까' 하고 자문하는 횟수만 줄여도 불안감이 줄어드는 것을 느낄 수 있을 거야. 되도록 질문을 하지 말고 '누가 나를 사랑해 주면 사랑을 받는 거고, 아니면 마는 거지 뭐.'라고 독하게 다짐하는 게 정신 건강에 제일 좋다.

## 주기만 하고 돌려받는 게 없을 때 드는 실망감

저는 사소한 것들을 챙기고 선물하는 걸 좋아하는데,
막상 주기만 하고 되돌려 받는 것이 없다 보니까
괜히 짜증 나고 더 해 주기도 싫어지네요.

●●●

단순히 주는 즐거움에서 그치지 않고 보상 심리가 생겨나는 행동이라면 내가 멈추는 게 맞아. 상대방이 그렇게 해 달라고 한 것도 아닌데 혼자 해 줘 놓고 불만이 생기잖아.

사람 성향이 다 다르기 때문에 내가 원하는 반응이 나오지 않을 수도 있는 건데, 내가 원하는 반응을 정해 놓고 상대에게 호의를 베풀면 자꾸 그 관계에 대해 혼자서 실망하게 되는 거야.

## '내가 잘못된 건가'
## 상대방이 헷갈리게 할 때

상대방이 말도 안 되는 걸로 우기는데
너무 당당해서 '정말 나한테 문제가 있는 건가?' 라는
생각을 자꾸 하게 돼요.

●●●

분명히 상대에게 문제가 있는데도 너무 당당하고 세게 나오면 이쪽에서는 괜히 스스로에게서 이유를 찾게 되지. 아직까지 좋으니까. 여지를 두고 싶은 거야.

네가 정말 그 사람에게 오만 정이 떨어졌고 꼴도 보기 싫었으면 '뭐 저런 개소리를 하고 앉았어?'라면서 침 뱉고 돌아서면 그만인 일인데, 감정이 남았어. 여전히 좋아하는 상태에서 그가 날 아프게 해 놓고도 먼저 굽히고 나오질 않으니 네가 그를 이해해야만 하는 이유를 찾게 되는 거지.

내가 전에 만났던 사람 중에 여자 문제로 속을 썩인 주제에 도리어 당당하게 굴었던 사람이 있었어. 나를 '아무것도 아닌 걸로 구속하고 집착하는 피곤한 여자' 취급을 하더군.

그때 정말 너무 상처였지. 이해도 되지 않았어. '이건 분명히 그 사람이 잘못한 건데 왜 사과를 안 하지? 왜 나한테 미안해하지 않는 거지?' 화가 나는데도 여전히 그 사람을 잃고 싶지가 않으니까 내가 계속 화를 낼 수가 없더라. '아, 이 사람은 나한테 져 줄 생각이 없구나. 그냥 나에 대한 마음과 배려심이 그 정도일 뿐이구나.'라는 걸 받아들여야만 했지.

너도 그냥 인정해. '나는 그가 좋은데, 그는 말도 안 되는 이유로 나한테 화를 내고 날 몰아붙이고 돌아섰어. 그래서 나는 상처를 받았어. 그 사람의 마음이 겨우 그 정도였어. 그래서 아파.'라고.

## 민보일까
## 걱정이 될 때

연락하는 사람이 있는데,
'만나다가 내 민낯을 보고 실망하면 어쩌지?'
하는 걱정이 자꾸 들어요.

●●●

지금 그 사람에게 잘 보이고 싶어서 걱정을 하는 거잖아. 애써 잘 보이려고 하지 마.

사람은 '잘 보이고 싶다.'는 생각을 하는 순간부터 상대방 눈치를 보고 주눅이 들게 되는 거야. 너 지금 고작 최근에 연락하는 남자 하나 때문에 이런 고민을 하고 있어. 앞으로 얼마나 많은 남자들의 마음에 쏙 들기 위해 속앓이하고 위축될 건데?

그리고 '나 화장 지우면 이래. 그래도 화장하면 예뻐지는데, 뭐.'라고 당당하게 말하는 사람이랑, '보고 나서 실망하면 어쩌지? 나 싫어하면 어떡하지?' 하고 위축돼서 계속 눈치 보는 사람 중에 누가 더 매력이 있겠니? 콤플렉스가 없는 사람은 없어. 그걸 애써 가리고 감추려는 사람과 당당하게 드러내는 사람이 있을 뿐이지.

## 어플 만남

**소개팅 어플로 사람을 만나는 것에 대해서는 어떻게 생각하시나요?**

●●●

소개팅 어플로 사람을 만나는 것을 딱히 추천하지는 않는 이유는 애초에 책임감, 부담감 없이 가벼운 마음으로 시작하는 사람이 많기 때문이야.

그래서 말도 안 되는 식으로 가볍게 끝을 내는 사람들도 많고, 서로에게 같은 정도의 기대를 가지고 만나게 될 확률이 매우 낮을 수밖에 없지. 결과적으로 원하는 것을 얻기보다는 상처투성이로 남겨질 경우의 수가 커.

막상 만나서는 호감을 표시하더라도 떨어져 있을 땐

연락이 되지 않는 경우들도 많은데, 그 모두가 '순간의 진심'이기 때문이야. 이성을 걸쳐 놓고 만나기가 매우 용이한 어플에서 한 사람하고만 연락하고 만날 확률이 얼마나 될까?

그렇다고 무조건적으로 반대를 한다는 것은 아냐. 기대를 내려놓을 수 있다면 어플 만남 역시 원하는 조건의 사람을 찾아내기에 유용한 도구가 될 수도 있지. 하지만 결국은 기대를 내려놓는 게 힘들어서 문제.

그래도 혹시 어플로 누군가를 만나 봐야겠다면, 그가 너랑만 연락하고 너랑만 만나고 있을 거라는 생각과 기대는 무조건 버려. 딱 그만큼 상처를 돌려받게 될 테니까.

## 전 애인을 차단하지 않는 심리

"전에 만났던 사람인데,
먼저 연락이 올 뿐 내가 먼저 하지는 않아.
흔들리는 거 아니야. 다시 만날 생각도 없어.
그렇지만 차단은 하기 싫어."라고 말하는 애인.
도대체 무슨 심리인가요?

●●●

네 애인의 속마음은 다음 중 하나 이상이다.

1. 현재 애인에게서 채워지지 않는 부분이 있다.
2. 이렇게 나를 찾고, 기억해 주는 마음이 있다는 사실이 썩 싫지 않다.
3. 누군가의 그리움의 대상이 되는 것에 만족감을 느낀다.
4. 현재 애인에게서도, 지나간 연인에게서도 사랑받고 싶다.

5. 지나간 연인의 마음을 잘라 내면 내가 받는 애정의 총량이 줄어드는 것이 싫다.

결론적으로 네 애인의 마음에 어느 정도의 결핍이 있으며, 네가 그걸 온전히 다 채워 주지 못하고 있다는 뜻이 되겠지.

## 사랑과
## 좋아하는 마음

**사랑하는 것과 좋아하는 것을**
**어떻게 구별할 수 있죠?**

●●●

내가 외로울 때 다정한 그 사람이 나에게 잘해 줘서, 날 혼자 두지 않아서, 힘이 되는 말을 해 줘서, 내 편이 되어 주어서 좋은 건 사랑이 아니라 좋아하는 거야. 조건이 붙기 때문이지. '~라서, ~해서.'

그런 경우 그 사람이 더 이상 나에게 신경 써 주지 않거나 무심해지거나 나를 챙겨 주지 않으면 실망을 하게 되지. '이런 사람이라서' 좋았는데 그 사람이 좋았던 이유가 사라지면서 감정도 줄어들거나 사라지는 거야.

단순히 좋아하는 것은 '그 사람이어야' 하는 게 아니

라, '그런 사람'이면 되는 거지.

반면에 사랑은 아무리 더 멋지고 다정한 사람이 와도 그 사람을 대체할 수 없어.

날 울려도 좋고, 마음에 안 드는 면이 있어도 좋아하는 마음을 멈출 수가 없으며, 나한테 무슨 짓을 해도 좋고, 아무 짓도 안 해도 좋고, 이유 없이 뭔가를 해 주고 싶고, 계산이 안 되며, 실망스러운 짓을 해도 내가 실망을 못 하지.

그냥 그 사람이라서. 그게 사랑이야.

## 나를 좋아해 주는 마음에 약한 이유

나 좋다는 사람이 생기면 바로 흔들려요.
왜 이러는 걸까요?

나 좋다는 사람을 만나면 쉽게 마음이 동하고 흔들리는 건, 아마도 내가 스스로에게 온전히 사신이 없고 불안하기 때문일 거야.

그런 나를 누군가 좋아해 준다고 했을 때 그 안정감에 의존하고 싶은 거지. 그걸 사랑으로 착각하는 거고. 나 대신 나를 좋아해 줄 사람을 찾았으니까. 사랑받고 싶으니까.

나도 유독 나 좋다는 사람에 약한 편이었는데, 그래서인지 날 좋아해 주기만 하면 웬만해서는 따지지 않고 일단 만났던 것 같아. 그때는 '나는 그냥 나에 대한 마음만 있으면 돼.'라고 생각했고 내가 조건을 따지지 않는 사람이라서 그렇다고 생각했어. 어쩌면 그때는 내가 스스로에게 자신감이 부족했고, 사랑받는 느낌에 크게 의존했기 때문에 누구에게나 쉽게 흔들렸던 걸지도 모르겠어.

지금은 내가 자신감이 넘치고, 딱히 아쉽지도 않으며, 쉽게 타협할 생각이 없기 때문에 여러 가지 조건을 다 따져서 남자를 고르거든.

## 마음이 없으면서도 만나 주는 사람

절 좋아하지도 않으면서
그냥 만나 주는 사람은 심리가 뭔가요?
쓰레기인가요?

●●●

그 사람도 널 만나는 게 싫은 건 아니야. 분명히 그 관계에서 뭔가 얻는 게 있어. '나 좋다는 사람이 있다.'는 것에서 느끼는 우월감일 수도 있고, 나 좋다는 사람에게 상처 주지 않음으로써 느끼는 '좋은 사람'으로서의 안도감이나 책임감일 수도 있으며, 단순히 정말 심심하거나 딱히 할 게 없어서 '시간 때우기용으로는 뭐 나쁘지 않지.'라는 생각일 수도 있어.

인간은 본능적으로 득과 실을 계산하고 움직인단다. 본인이 자각을 하든 하지 못하든.

## 첫 만남,
## 진지한 모습을 보여야 할까

소개팅 첫 만남에서는
그래도 좀 진중한 모습을 보여야 하지 않나 싶은데,
어떻게 생각하세요?

●●●

초반에 너무 진지한 스타일인 것 같아서 한두 번 만나고는 '아 이제 그만 만나야겠다. 도저히 재미없어서 안 되겠다.'라고 마음먹은 적이 많아.

그런데 그런 사람들, 막상 오래 만나다 보면 위트 있고 매력 있는 경우가 많아서 깜짝 놀랐어. 알고 보니 초반에는 잘 보이고 싶은 마음에 긴장해서 편하게 말도 못 하고 본래 성격을 억누르고 있었던 거였지.

'이런 농담을 던졌는데 싫어하면 어쩌지? 너무 가벼운 사람처럼 느껴지면 어쩌지? 나 혼자 재미있는 거면 어쩌지?' 등의 생각으로 절제를 하기 때문에 심적으로 경직되어 있던 거야. 남자든 여자든 이런 식으로 상대방의 진짜 매력을 채 알기도 전에 끝나 버리는 경우가 얼마나 많을까 싶어 안타깝다.

그래서 나는 소개팅 등 첫인상에서 최대한 자연스러운 모습을 보이는 게 오히려 매력 포인트가 된다고 생각해.

## 멋진 연인에 대한 집착

너무 괜찮은 사람을 만났는데,
그러다 보니 '이런 남자는 다신 없을 거야.'라는 생각에
자꾸 집착하게 돼요.

애인이 너무 좋고 잘해 줄 때면 '내가 이런 남자를 또 어디서 만날까'라는 생각을 하게 되는데, 그런 생각은 불안을 촉진시키기 때문에 관계에 연연하고 싶은 욕구가 솟구치게 돼. 그런데 내가 남자에 집착하고 구속하면 그게 나한테 도움이 되니? 관계에 도움이 돼? 아니라는 건 너도 이미 잘 알 거야.

그래서 그런 불안이 들 때는 '남자가 아예 없는 것도 나름 편하고 장점이 있지, 뭐. 연애해서 좋은 점도 많지만 힘든 점도 많잖아.'라는 생각을 하기 위해서 노

력해야 해. 그 관계에 대한, 그 남자에 대한 나의 아쉬움을 줄여야만 초연해질 수 있고 마음에 여유가 생기는 거거든.

연애가 빠진 삶은 조금 지루하지만 많이 편안할 수 있으며, 혹은 많이 지루하더라도 그만큼 불안하지 않아도 된다는 장점이 있지 않니? 그걸 명심하면 집착하고 싶은 욕구를 조금은 잠재울 수 있을 거야.

## 여자로서 매력을 유지하는 법

어떻게 해야 매력적인 여자가 될 수 있을까요?

일단 당당해야 돼. 자신감 있게. 하지만 또 너무 근거 없는 자신감은 안 되고, 약간 재수가 없더라도 반박이 불가한 자신감이어야 하지.

'자기 관리도 잘 하고, 일도 열심히 하고, 내 삶을 즐기고, 성격도 좋으니까 나는 짱이다.'라는 걸 잘 알고 있는 사람처럼 행동해. 그 사람밖에 모르고, 늘 기다리고, 초조해하는 모습을 보이지 마. 그리고 좋다는 표현을 할 때는 자신 있고 확실하게 하는 대신 가끔씩 쿨한 모습을 보여 줘. 약간 헷갈리는 순간들이 있도록.

남자는 여자에게 물음표가 멈추는 순간 끝이야. 네가 네 남자만을 주야장천 기다리고 있다는 걸 알게 해선 안 돼. 속으로는 기다려지고, 보고 싶고, 만나고 싶더라도 너무 티 내지 마.

'이 여자가 나를 기다리나? 나랑 놀고 싶겠지?'가 되어야지, '이 여자는 나를 기다린다. 나랑 놀고 싶겠지.'가 되어서는 안 돼. 이미 마침표 찍힌 여자에 흥미를 가지는 남자는 없다.

## 잘 보이고 싶은 마음 버리기

마음에 드는 사람 앞에서는
평소 제 모습처럼 굴지 못하겠어요.
잘 보이고 싶은 마음에 수줍어지고 경직이 돼요.

●●●

예를 들어 소개팅에서 '나는 삼겹살에 소주가 좋은데 스테이크 같은 걸 좋아한다고 해야 고상해 보이려나?' 라는 고민을 하게 된다면, 그건 상대에게 잘 보이고 싶다는 강박 때문이거든? 하지만 "주말 저녁엔 뭐니 뭐니 해도 삼겹살에 소주죠."라고 당당하게 말하는 여자가 과연 매력이 없을까?

내숭이 없고 털털한데 자신감까지 있으면 보통 남자들은 '얘는 도대체 무슨 자신감이지?'라고 약간 재수 없어 하기도 하고 의아해하면서도 끌려오게 돼 있어.

흥미롭거든.

네가 타인에게 잘 보이고 싶은 마음을 접고 '있는 그대로의 너 자신'이 되어야 하는 이유란다. 그래야 네가 생각하는 대로 말하고, 행동하고, 주장을 굽히지 않으며, 눈치 보지 않고 당당해질 수 있기 때문이지.

그런 사람이 매력적인 이유는 자신만의 소신과 강단이 있기 때문인데, 인간은 본능적으로 강한 것에 동경과 경외감을 느끼고 끌리게 되어 있어.

## 날 위해 노력하지 않는 사람

절 위해서 바꾸고, 맞춰 주었으면 하는 것들이 있는데
아무리 말해 봐도 노력을 안 하네요.
저에 대한 마음이 그 정도인 거겠죠?

●●●

그래서 더 사랑하는 사람이 질 수밖에 없다는 거야.

내가 더 사랑하는데도 어떻게든 내 기준에 그를 맞추려 하고, 변화시키려 하고, 날 위한 희생을 요구하는 것은 무의미한 일이지. 그는 변하지 않아. 굳이 변해야 할 이유가 없기 때문이지. 아쉬운 건 내 쪽이니까.

하지만 보통은 내가 더 좋아한다는 사실 자체를 받아들이지 않거나, 내가 더 좋아하는 걸 알면서도 상대가 내 기준에 맞춰 주기를 여전히 바람으로써 연애의 지옥에서 벗어나지 못하지.

'그럼에도 불구하고' 그가 좋다면, 그건 그냥 네가 참고 감당해야 할 일이야. 받아들여. 포기하면 편해.

PART 5

# 그 사람이 떠난 날

나는 알고 있었다. 머릿속에서 폭주하는 그를 밀어내지 못한다면 그대로 절망이었다. 딱 그를 잊어야 하는 만큼 일에 몰두했다. 미친 듯이 글을 쓰고, 또 글을 썼다. 시간에 맡겼다면 아직 벗어나지 못했을 거다.

그를 잃고 나서 가장 힘들었던 점은 내가 그와의 관계를 위해 노력했다는 점이었다. 차라리 내게 부족한 점이 많고, 미안한 일 투성이였다면. 그래도 후회야 했겠지만, 나 정말 열심히 사랑했는데, 내가 할 수 있는 최선을 다한 마음이었는데…

그렇게 해도 결국은 끝이 난다는 것이, 그 좌절감이 나를 일어서지 못하게 했다.

## 앞으로도 계속 힘들 것 같아 걱정이 들 때

이별 자체보다는
그 후에 닥쳐올 일에 대한 두려움 때문에 힘들어요.
앞으로 또 이 괴로움을 반복하게 될 것 같아서요.
그 지옥 같은 시간들을 또 마주하면 어떡하죠?

●●●

이별한 지 얼마 안 됐잖아. 아프고 혼란스러운 게 맞아. 두렵고 막막한 게 정상이야.

괜찮아야 한다고 스스로를 다그치지도, 몰아세우지도 말고 그냥 시간을 줘. '같은 것들을 계속 반복하게 되지 않을까, 내가 이 굴레에서 벗어나지 못하는 게 아닐까…' 하는 그 두려움. 그것도 자연스러운 거야.

나는 우울증이 심할 때 공황이 자주 찾아오곤 했었는데, 가장 힘들었던 점이 그거였어. '앞으로도 계속 이러면 어떡하지? 이런 기분이 또 찾아오면 어떡하지? 내가 견뎌 낼 수 있을까?'라는 의문들. 그 순간 자체의 고통보다도 아직 찾아오지 않은 미래에 대한 막연한 공포가 나를 압도하는 거야.

'또 이러면 어쩌지?'가 아니라 '또 이러겠지. 또 찾아오겠지.'로 마음을 바꿔야 해. 그리고 언제든 이런 감정이 또 찾아오면, 피곤하긴 하겠지만 그때마다 또 싸워야 해.

"그때마다 싸우겠다"고 다짐해라. 그러면 지금 이 순간의 공포를 조금은 진정시킬 수 있어.

## 폭력적인 성향의 애인

싸울 때마다 폭언을 일삼고, 제가 입을 다물고 있으면
'자기를 무시한다'며 화를 내는 애인.
헤어져야 맞는 거겠죠?

●●●

일종의 자격지심과 피해 의식이 있는 사람 같아. 그런 사람들은 사소한 문제들도 자꾸 존중의 문제로 취급해서 '이건 날 무시해서 그런 거야, 날 깔보는 거야.'라는 생각을 하며 살기 때문에 기본적으로 화가 많아. 화가 많으니 그걸 폭력적인 방식으로 표출하지. 이런 사람과 결혼을 하게 되면 손찌검까지 당하는 건 시간문제.

지금 빨리 상황을 냉정히 인지하고 벗어나지 않으면 그런 폭력과 욕설에도 점차 익숙해져서 참고 살게 될 거야.

## 더 이상 나를 사랑하지 않는다는 사람

그 사람이 더 이상 저를 사랑하지 않는대요.
하지만 저는 헤어지고 싶지 않아요.

나만 놓으면 되는 관계, 그 사람은 이미 떠나 없어진 관계 속에 살고 있니?

내가 원하는 때에 내가 원하는 정도로 나를 사랑해 주지 않는 그가 밉겠지. 하지만 그건 그의 잘못이 아냐. 널 사랑하지 않는 게 그의 죄는 아니야. 너 역시 너를 사랑해 주는 모든 사람에게 같은 마음을 돌려줄 수는 없었을 텐데?

나는 더 이상 내게 맘 떠난 사람을 억지로 붙잡거나 원망하지 않는단다. 그건 그 사람에게 불편하고 괴로운 일이 될 테니까. 내 곁에 있는 게 더 이상 행복하지 않다는 사람에게 사랑을 강요하는 건 폭력이니까. 그를 놓아 줘. 정말 사랑한다면 사랑하는 그 사람을 불편하게 하지 마. 그게 네가 할 수 있는 최선의 사랑이란다.

내 곁에서 행복하지 않다는데, 웃음이 나지 않는다는데, 나만 좋자고 그 사람 억지로 곁에 두는 건 좀 아니잖니.

## 지난 관계에 대한 후회

제가 관계를 다 망쳐 버린 것 같아요.
후회가 돼요.

●●●

관계를 망친 데에는 네게도 책임이 있었을 수 있어. 스스로에게서 문제점을 찾는 것 자체기 나쁜 게 아니라, 그다음 스텝을 어떻게 밟느냐가 중요하다.

네게도 문제가 있었다면 고칠 수 있는 부분은 고쳐. 노력해. 하지만 자책은 하지 마. 이미 놓쳐 버린 건 어쩔 수 없으니 앞으로 변화 가능성이 있는 것에 집중해. '그래, 내 이런 부분에선 부족한 점이 있었지.'라고 겸허하게 받아들이되, '내가 못나고 부족해서 다 놓쳐 버린 거야.'라고 스스로를 위축시켜서는 안 돼. '내가 무엇을 바꿀 수 있을까, 어떻게 하면 나의 부족함을 채울 수 있을까'를 연구하고 실행해야지.

'그러지 말걸…' 하는 죄책감에 사로잡히면 마음이 오래 괴로울 거야. 대신에 이번 실수를 발판으로 좀 더 나은 사람이 되겠다고 다짐을 하면 방향성 있는 해결책이 제시되기 때문에 앞으로 나아갈 수 있게 돼.

**고매력 SAY**

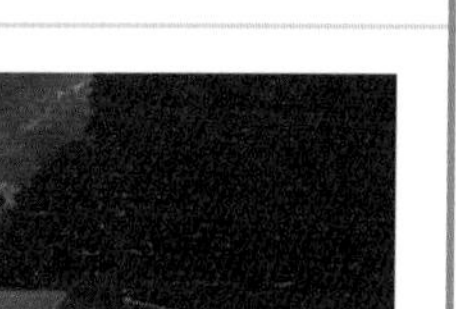

나를 사랑해 주지 않았던 그 사람. 실컷 욕하고 원망은 했지만 그래도 여전히 내 사랑인데 "그런 놈 잊어버려. 헤어지길 잘한 거야."라는 말을 들어 버리면 더 이상 그가 좋다는 말을 할 수가 없게 된다.

그가 밉지만 밉기만 한 것은 아닌데. 내게 못되게 굴었어도, 그가 내게 준 것이 사랑이 아니었대도 나는 그 사람이 좋은데. "그런 사람 그만 좋아해."라는 말을 듣는다고 멈춰지는 게 사랑이 아닌데 말이다. 사랑은 멈출 수 없다. 그것은 상대가 얼마나 다정했는지 혹은 얼마나 무정했는지와는 상관이 없다. 도무지 의지로 멈춰지지가 않는데 사랑을 끊으라는 말을 들으면 마음은 갈 곳을 잃고 답답해지기만 한다.

"혼자서 계속 사랑해. 괜찮아. 혼자 사랑해도. 네게 남은 사랑을 마저 하렴." 우리에게는 그 말이 필요한 거다. 사랑을 그만 멈추라는 말이 아니라.

## 이별 후 금방 새로운 사람을 만난
## 전 애인에 대한 분노

저랑 헤어지자마자 다른 사람을 만났네요.
어떻게 이렇게 금방 다른 사람을 만날 수 있는 걸까요,
적어도 시간을 두고 새로운 사람을 만나는 게
예의 아닌가요?

반드시 시간을 두고 새로운 사람을 만나야 한다는 법은 없어. 관계는 의지의 문제지, 의무는 아니니까.

너에게는 받아들이기 힘들고 가슴 아픈 일이겠지만, 그에게 금세 좋은 사람이 나타났다면 만날 수도 있는 거야. '어떻게 나한테 이럴 수가 있지?'라는 원망을 멈추지 않으면 네 마음이 오래도록 고통스러울 거야. 넌 네 마음이 나아지기를 원하잖니. '그래, 좋은 사람을 만났다면, 잘 보내 주자.'라고 마음을 바꿔 봐. 원망으로 인한 고통이 많이 줄어들 거야.

## 떠날 거라 생각 못 했던 사람에게 드는 배신감

**절대 나를 떠나지 않겠다고 약속했던 사람이 다른 사람을 만나고 있다니, 배신감이 감당이 안 돼요.**

●●●

떠나지 않을 거라고 너무 믿었기 때문에 배신감도 그만큼 클 거야. 누구든 너를 떠날 수 있음을 받아들여라.

모든 사람이 누군가에게 내쳐지고 버려지면서 살아가는 거야. 절대로 떠나지 않을 것만 같았던 사람들을 떠나보내면서 그렇게. '어떻게 내게 이런 일이? 어떻게 나를 버릴 수가?'라는 생각은 스스로를 더 괴롭게 하지. '그래, 내게도 이런 일이 생길 수 있는 거다. 어떤 일이든 생길 수 있는 거다. 그도 나를 떠날 수 있다.'라고 받아들여 봐. 괴로움이 줄어드는 것을 느낄 수 있을 거야.

**고매력 SAY**

그를 잊으려고 노력하며 지내지는 않는다. 잊는다는 건, 그리고 잊지 못한다는 건, 내가 어쩔 수 있는 일이 아니다. 단지, 그를 잊지 못하는 동안의 내가 비참해지지 않도록 노력할 뿐이다. 지금으로선 그게, 내가 할 수 있는 최선이니까.

## 지금은 힘들어서 헤어졌지만

**지금은 상황이 힘들어서 헤어졌지만
다시 만나게 될 수도 있지 않을까요?**

그래. 아무리 서로 좋아해도 타이밍이 아니면 아닌 거더라. 그 시기를 잘 이겨 내고 다시 만날 확률이 아예 없는 건 아니겠지만, 매우 희박한 것이 사실이지. 어쨌든 간에 지금은 헤어져야 하는 거잖아. 네가 그에 대해서 할 수 있는 것은 없어.

하지만 결과가 어떻게 되든 네 삶에 집중하면서 너를 가꿔 둘 건지, 지질하게 계속 미련에 사로잡혀 아무것도 못 하고 온통 제자리걸음만 할 건지는 네가 선택할 수 있지.

## 새로운 사람에게서 전 애인의 모습을 찾게 될 때

**다른 사람을 만나 봐도 전 애인이 자꾸 생각나고,**
**새로운 사람에게서 전 애인의 모습이나 이미지를 찾게 돼요.**
**익숙함 때문인지 미련 때문인지 헷갈려요.**

●●●

내가 좋아하는 이성의 모습과 가치들이 투영된 대표적인 예가 전 애인이잖아. 그래서 그러한 가치들을 찾게 되는 게 아닐까 싶다.

이성에게서 내가 멋지다고 생각했던 부분들, 따듯하다고 느꼈던 부분들, 뭐 그런 거. 그러한 가치들이 전 애인의 모습으로 형상화되어 떠오르는 거지. 익숙하니까. 그래서 그런 상황을 단순히 그 사람에 대한 그리움이나 미련의 문제로 보기는 어려운 것 같아.

## 이별을 말하려 할 때 드는 죄책감

집중해서 뭔가를 해야 하는 시기인데,
그렇다고 그것 때문에 관계를 끝내자니
제가 이기적인 것 같아서 미안해요.

이도 저도 말고 너만을 생각해야 할 때가 있다. 네 인생만을 생각해야 할 때. 넌 지금 네 인생에 있어 중요한 무언가를 하고 싶고, 그게 우선순위인 거야.

사람마다 집중해야 할 시기가 있는데 하필 그때 만나 삐걱거리는 사람이라면 너와의 인연이 거기까지였을 뿐이야. 죄책감을 느낄 필요는 없다는 뜻이지. 네 인생을 두고 봤을 때 우선인 것을 지켜 내고 나서 나머지를 생각해. 누구도 모든 것을 동시에 다 지켜 낼 수는 없어. 그런 선택을 한다고 해서 네가 나쁜 게 아니야.

## 어설프게 찔러보는
## 전 애인에 대한 자세

다시 만날 것도 아니면서
'너같이 좋은 여자는 없는 것 같다'는 말로
저를 자꾸 흔드는 경우가 많아요.
왜 그러는 건가요?

●●●

그런 연락에도 대꾸해 주고 있으니까 계속 같은 패턴으로 연락이 오는 거지. 일정한 패턴이 반복되는 데에는 네가 그동안 해 온 행동의 영향이 있어. 그런 연락이 왔을 때 네게도 어설픈 기대가 있었던 거지. '이 사람을 다시 만날 수 있지 않을까? 다시 사랑받을 수 있지 않을까?' 그래서 똑 부러지게 행동하지 못하고 빈틈을 보였을 거야. 앞으로는 저렇게 네 감정에 대해 아무런 책임감도 없이 어설프게 찔러보는 놈한테는 애초에 여지를 주지 말 것.

## 새로운 관계에 대한 최선의 마음가짐

처음엔 분명 진심 같았는데,
이렇게 돌아설 마음인 줄 몰랐어요.

●●●

처음엔 진심이었을 수도 있지. 그런데 막상 만나다 보니 마음이 변하게 되는 경우도 많아. 상대와의 만남이 생각했던 것과 다르거나 기대했던 것보다 실망스러우면 그럴 수 있지. 그저 순간의 진심, 그만큼의 진심이었던 거야.

그래서 상대방의 마음에 대해 미리 너무 기대하고 확신을 가지면 안 돼. 누구든, 언제든 나를 떠날 수도 있다는 베이스를 깔되, 그렇게 되기 전까지 내 최대치의 매력을 보여주기 위해 일단 최선을 다해 보자고 결심해.

또한 '아니면 말고'라고 늘 다짐할 것. 그게 관계에 있어서 나를 지키는 최선의 방법이야.

## 복수심이 들 때

**그가 후회했으면 좋겠어요.**

●●●

"그가 후회했으면 좋겠어요."라는 말은 "여전히 그를 사랑해요."의 분노 버전이라고 볼 수 있지. 너를 버린 것에 대한 분노, 혼자만 사랑해야 하는 것에 대한 분노, 내 마음 같지 않은 현실에 대한 분노.

후회했으면 좋겠다는 생각은 네 의지대로 되지 않는 상황과 그의 감정을 컨트롤 하고 싶다는 욕구에 의한 거야.

하지만 그의 감정에 대해서 네가 할 수 있는 일은 없어. 타인의 감정이 네 뜻대로 되기를 바라지 마. 그가 널 떠났다는 사실보다도 그게 널 더 괴롭히고 있어. 대신에, '나는 여전히 그가 그립다.'라고 인정하고 받아들여. 그럼 답답한 마음이 조금 줄어들 거야.

그리고 '그 사람에게 원하는 사랑을 받지 못해서 힘들었구나. 그래서 그 사람이 밉구나. 괜찮아.'라고 너를 달래 줘 봐. 네가 진정으로 원하는 건 그를 아프게 하는 것이 아니라, 더 이상 네가 아프지 않는 것이잖니. 그리고 그렇게 건설적인 방법으로 아픔을 이겨 내려 노력하는 자신을 칭찬해 봐. '그래, 이렇게 더러운 일을 겪었지만 이거 봐라. 난 여전히 이렇게 멋지게 사랑을 한다.'

그런 식으로 스스로를 감싸 주고 격려해 주면 분노가 조금 억제될 거고, 더 나은 방향으로 일을 해결하고 이겨 내려는 마음이 생길 거야.

## 이별을 말하고 싶을 때 고려해야 할 것들

헤어져도 괜찮을 것 같아서 헤어지자고 했는데,
막상 내뱉고 나니까 너무 후회가 돼요.

●●●

'이 사람이랑 지금 헤어져도 힘들지 않겠지.'라는 마음에 속는 경우가 많아.

하지만 그런 생각이 들 때는 굉장히 신중해야 하는 거야. 혹시 마음 한구석으로는 그가 잡아 주기를 바라고 있지는 않은지, 그가 붙잡을 경우에도 조금도 흔들림 없을 자신이 있는지, 더 이상 그를 안 보는 것이 내가 진정으로 원하는 것이 맞는지, 그가 단 한 번 붙잡지 않고 싸늘히 돌아설 경우 내가 정말 괜찮을지 여러 번 자문한 후에 이별을 결정해야 해.

더 이상 변명조차도 듣고 싶지 않다는 생각이 들면 그때가 끝이다. 더 이상 그를 설득하고 싶지도, 그에게 설득을 당하고 싶지도 않을 때 말이야.

하지만 사실은 헤어지고 싶어서가 아니라 애인의 식은 마음을 돌리고 싶거나 더 사랑받고 싶은 마음에 이별을 뱉어 버린 건데, 현실이 되고 나서야 후회하고 깨닫는 경우가 많아.

그래서 진정으로 내가 원하는 것에 닿기까지는 겹겹이 쌓여 있는 가짜 마음들을 걷어 내는 과정을 거쳐야 한다.

"연락하지 마."라고 말하기 전에, "헤어져."라고 말하기 전에, 내가 진정 원하는 것이 그와의 이별이 맞는지, 내가 내뱉은 말대로 되었을 때 후회가 남을 여지는 없는지, 순간의 감정을 못 이겨 말을 내뱉은 사람의 최후가 얼마나 비참할 수 있는지를 늘 상기해야만 해.

## 과거를 털어놔도 좋을지 고민이 될 때

**과거를 털어놓고 나면 다들 제 곁을 떠나요.
'있는 대로 오픈하자'는 것이 애초에
잘못된 생각일까요?**

●●●

너의 과거를 알았기 때문에 떠난 게 아닐 거야. 그런 일들을 겪었던 너에게 아직 피해 의식이 남아 있을 거고, 그게 성격에 어떠한 영향을 미쳤을 것이며, 결과적으로 네 말과 행동에 묻어 나왔겠지.

"내게는 이러이러한 일이 있었다."라고 말해 놓고 '내 과거를 다 알았으니 이제 이 사람이 나를 어떻게 생각할까? 괜히 말했나? 혹시 마음이 변하는 건 아닐까? 편견을 가지고 나를 바라보지는 않을까?' 등의 생각을 하면서 눈치를 보지는 않았니? 괜히 주눅 들고 자신감을 잃지는 않았어?

네게 있었던 흑역사의 문제가 아니라, '지금' 그 사람을 만나면서 네가 보이는 행동과 자신감의 문제일 가능성이 크다. 과거를 털어놓고도 주눅 들거나 위축되어 자신감, 매력을 잃지 않으려면 그 과거에 대해 스스로가 부끄럽다고 느끼지 않고 당당할 수 있어야 해.

## 시간을 갖자는 애인,
## 기다려야만 할까

애인이 여러 가지 스트레스로
제게 신경 쓸 여력이 안 된다며 시간을 갖자고 했어요.
그런데 애인이 말하는 기간이 너무 길게 느껴져요.
기다려야 하나요?
아님 지금부터라도 이별 준비를 해야 할까요?

● ● ●

마음에 여유가 없는 상태에서 시간을 가지고 싶어 하는 마음은 이해가 되지만 네가 '인내하고 기다려야만 하는가'의 문제는 네 마음에 달려 있는 거지.

어떻게 하고 싶은데? 기다리고 싶은 만큼 기다리고, 아니면 그만하면 돼. 네가 잘 알아서 결정하면 되는 일이야. 일단 네가 그를 사랑하는 마음과, 이해해 주고 싶은 아량과, 인내력의 한계 내에서 할 수 있는 만큼 최선을 다해 봐. 그리고 그렇게라도 관계를 유지한다는 만족감보다 고통이 더 커진다 싶으면 그때 딱 그만둬.

## 거부당한 후
## 좌절감이 들 때

소개팅에서 분명히 분위기가 좋은 것 같았는데
남자에게 애프터가 오지 않으니까
생각이 많아지고 우울해요.
'겨우 이런 걸로 우울해하면 멋진 여자가 아니야.
이런 생각에서 벗어나자.' 고 다짐해 봐도 잘 안 돼요.

●●●

우선 네가 어디에선가 거절받는 느낌이 들었고, 그게 상처가 되었다는 것부터 받아들여야 해. '아, 그래. 그건 상처였어. 나는 마음이 아팠어. 멋진 여자가 되지 못했다는 사실에 좌절감도 느꼈어.' '근데 그게 뭐? 한두 번쯤은 거절, 거부당할 수도 있지. 그렇다고 내가 거절만 당하는 사람도 아니고.' 이 순서로 가야 해.

나라고 상처를 받지 않아서 사람을 쉽게 버리는 게 아니야. 상처받았음을 인정하고 상대방의 입장도 이해해 본 후에 그제야 '잘 보내 주는' 것뿐이지.

## 사랑보다는 일이 우선인 애인

사랑보다는 일이 우선인 애인이
다른 나라로 갈 기회가 생겼다고 합니다.
제가 가지 말라고 해도 가고 싶다고 하네요.
힘들지만 그 사람이 잘되길 바라는 마음이 더 커요.
쿨하게 보내 줘야 맞는 거겠죠?

●●●

꿈과 일과 자기 발전, 성장을 1순위에 두고 목표 지향적으로 사는 사람은 너무 멋있고 존경스럽지만, 그만큼 상대를 외롭게 한다는 단점이 있지.

너의 애인은 그렇게 살아야 행복한 사람인 거야. 떠나야 행복해질 사람이지. 무엇보다도 자신의 성장에서 가장 큰 의미를 찾기 때문에 이미 알고 있듯이 붙잡는다고 잡힐 것도 아니고. 게다가 이런 사람은 사랑을 빌미로 묶어 두려고 하면 오히려 사랑이 식어 버려.

정말 쉽지 않은 일이겠지만 지금 상황에서는 '그는 내 곁에서 행복할 수 없구나.'라는 것을 받아들이고 보내주어야 할 것 같다. 사랑하는 사람이 네 곁에서 불행한 것을 원치 않을 테니까.

## 바보 같은 나를 자책하게 될 때

그때의 그 사람, 그때의 감정, 그때의 좋았던 우리.
그 시절을 벗어날 수가 없어요.
이런 저 자신이 너무 밉고 한심해요.
정말 시간이 약일까요? 시간밖에 없는 걸까요?

●●●

아니. 이 경우에 시간은 약도 아니고 답도 아니야. 너는 지금 이별 때문에 힘든 것보다 자책 때문에 힘든 게 큰 거야.

추억이 힘든 건 당연한 거다. 나는 전에 만났던 사람과 헤어지고 나서 길을 걷는데 갑자기 추억이 몰려들어서 도저히 눈물을 참을 자신이 없는 거야. 물이 뚝뚝 떨어지는 공사판에 한참을 쪼그려 앉아 혼자서 처량하게 울었지. 이성적인 생각을 할 수가 없을 정도로 눈물이 나더군.

하지만 단 한 번도 나 스스로를 자책하는 말을 한 적이 없어. '왜 이러고 있어. 창피해. 이별 하나도 못 추스르고. 나이가 몇인데. 누가 보면 어쩌려고 그래! 한심해. 다른 사람들은 다 멀쩡해 보이는데 너만 버림받고 이렇게 울고 있잖아. 못났어.' 등의 이야기들 말이지.

대신에 '괜찮아, 울어. 어쩐지 너무 씩씩하게 일을 잘한다 싶더라. 네가 지금 안 괜찮은 게 정상이지. 지금 네가 아무렇지 않으면 그게 미친 거지. 더 울어! 더 이상 눈물이 안 날 때까지 울어. 쳐다보는 사람들 신경도 쓰지 마. 다 울고 나면 너는 또 주먹을 쥐고 가야 할 길을 걸어갈 거야.'라고 말했지. 그렇게 정말 다 울고 나서 평소처럼 볼일 다 보고, 할 일 다 했다. 지금 네가 스스로에게 하고 있는 얘기랑 많이 다르지?

그와의 추억이 하나의 그림이라고 치자. 그 그림을 들여다보는 것은 아련하겠지만 그렇게까지 아프지는 않아. 고통을 느끼는 건, 그 그림을 보면서 네가 무슨 생각을 하느냐에 달려 있다.

1. '아, 그랬지. 그런 시절이 있었지. 힘들었지만 좋았던 날도 많았는데, 시간이 많이 지나기까지는 이렇게 한 번씩 떠오르겠지.'

2. '좋은 날들이 있었는데, 다시는 그런 날이 오지 않으면 어쩌지, 또 좋은 사람 못 만나면 어떡해, 근데 나는 왜 이딴 그림을 자꾸 들여다보고 있는 거야. 한심해 죽겠어. 계속 이렇게 그림을 들여다보게 되면 어쩌지? 평생 못 벗어나는 거 아니야?'

어차피 그림을 들여다보는 것을 멈출 수는 없어. 어떤 생각을 할 건지 잘 선택하렴.

## 상처로 인한 트라우마를 극복하는 방법

전 남친이 바람이 나서 헤어졌어요.
새로운 사람과는 안정적인 관계인데도,
전 남친을 사귈 때와 비슷한 상황이 생기면
지나치게 예민해져요.
과거의 상처에서 벗어나고 싶은데 어떻게 해야 할까요?

● ● ●

자, 우리 트라우마에서 완전히 벗어나려는 마음을 다 같이 포기하자.

트라우마가 없는 사람은 없어. 네가 상처를 짊어지고 지금껏 씩씩하게 이를 악물고 살아왔듯이 다들 제 나름대로 상처를 덮어 두고 뒤로한 채 살아가는 거야.

다만 그 트라우마를 떠올리게 하는 상황이나 사건이 펼쳐지면 그때 느꼈던 아픔과 상처가 그대로 떠오르면서 다시 불안감, 초조함을 느끼게 되지. 근데 이건 모든 사람이 똑같아. 상처라는 게 원래 그래. 그래서 나는 트라우마에 있어서 완전한 극복은 없다고 믿는다. 왜냐, 앞으로도 계속 떠오를 것이기 때문이지. 이걸 일단 받아들여.

이전의 상처를 떠올리게 하는 상황에 맞닥뜨렸을 때 불안감이 들면 보통 '왜 계속 이런 느낌이 들지? 나 또 왜 이러고 있지? 극복 못 하고 영원히 반복되는 거 아니야? 이러다 이 사람한테까지 지랄병 떨어서 관계를 망쳐 버리면 어떡해?' 이렇게 새로운 불안을 추가하는 식으로 무의식이 흐르거든? 그래서 더 초조해지고 마음의 갈피를 잡지 못해.

이제 앞으로 그 불안감이 들 때마다 네가 하는 생각의 패턴을 바꿔야 해.

'아, 내가 이전의 상처로 인한 불안감을 또 느끼기 시작하는구나. 그래, 그럴 수 있지. 나 그때 많이 아팠잖아. 괜찮아. 지난 상처가 떠오르고, 그로 인해 욱신거리는 건 자연스러운 일이니까. 그걸로 너무 초조해할 필요 없어. 넌 이 아픔도 잘 견뎌 낼 거야.'

이렇게 인지와 인정, 받아들이는 단계를 거치고 나를 잘 토닥거린 후 격려를 하는 거야.

나에게도 역시 상처가 있고, 한 번씩 불안감이 치솟을 때도 있지만 그때마다 저 과정을 통해서 마음을 잡는 거야. 어떤 상황에서도 늘 평화롭고 쿨하기만 할 수 있는 사람은 없단다.

그래서 역경과 고난, 아픔과 상처를 파도 타듯이 넘으라고 얘기하는 거야. 네가 살아 있는 한 파도는 계속 칠 거다. 바람이 멈추지 않을 테니까.

그러니까 모든 것을 다 이겨 내고, 털어 버리고, 다 잊은 채 새로 시작하고 싶다는 욕심은 이제 버려. 그건 어차피 안 되는 일이니까. 대신 그때마다 파도를 잘 타고 넘는 사람이 되겠다고 다짐해라.

## 다시 사랑받을 수 있을까 하는 두려움

**다시는 누군가에게 사랑받지 못할까 봐 겁이 나요.**

●●●

나도 시련을 당한 후에 너무 큰 상처로 더 이상 아무것도 못 할 것만 같은 지경에 이른 적이 있었지. 하지만 눈물이 나더라도 일단은 헬스장에 가서 매트 위에서 울었어. 이를 악물고 한 발짝씩 내딛고, 눈물이 나면 손으로 닦고, 멍해지기도 했다가, 할 수 있는 만큼 또 움직이고, 그러다 힘들면 또 쉬기를 반복했지. 아무리 절망적이라도 내가 나를 포기할 생각은 없었거든.

또다시 사랑받지 못할까 봐 두려운 마음이 들 때마다 스스로에게 얘기해 줘.

'항상 사랑스러운 사람이 되도록 널 가꿔 줄게. 멋진 사람이 또 나타나지 않을지도 모르지만, 그래도 괜찮아. 네가 무너지지 않도록 내가 돌볼 거야.'

그렇게 다짐하면 여전히 허하고 외로운 감정은 남아 있겠지만, 네 곁에 누군가가 없더라도 무너지지 않고 견뎌 낼 수 있어.

## 옛 애인의 행동에 대한 의미 부여

**붙잡아도 냉정하던 옛 애인이 어느 날**
**제 앞에서 너무 아련한 표정을 지어 보였어요.**
**도대체 왜 그런 표정을 지었던 건지 계속 궁금해요.**

●●●

순간의 아련함이었을 거야. 순간의 진심. 근데 이게 당하는 입장에서는 계속 곱씹게 되기 때문에 순간의 진심으로 인식하지 못하고 자꾸 의미를 부여하게 되지.

그는 약 1분 정도 '말 걸어 보고 싶다. 인사하고 싶다.'라고 생각하면서 그전의 좋았던 추억들을 떠올렸을지 몰라.

그걸 보는 네 입장에서는 그 1분간의 표정을 하루 이틀 내내 계속 되돌려 보면서 생각을 하는 거지. '그건 무슨 표정이었을까, 왜 그런 표정을 지은 걸까? 무슨 뜻이지?' 어떻게든 의미를 찾아내려고 하고 의문을 품는 거야. 자기가 원하는 쪽으로 결론을 도출하고 싶으니까 저 좋은 쪽으로 해석을 하기도 하지. '사람은 보통 마음이 아련할 때 저런 표정을 짓지. 나한테 저 표정을 지었다는 건 분명 나에 대한 애틋함이 남아 있다는 증거야.'라는 식으로 말이야.

근데 말이야, 나를 가장 아프게 하는 건 언제나 '나의 기대'란다. 그래서 빨리 냉정하게 깨달아야 해. '이 상황에 대해서 내가 원하는 쪽으로 해석을 하고 있지는 않은가?'를 냉정하게 자문하는 거지. 그리고 받아들이면 돼. '내가 미련스럽게 또 나 좋은 쪽으로 해석을 하고 있었군.'

그렇게 하면 그 순간은 머쓱하지만 기대에 차서 나를 오래 괴롭게 하는 일은 줄일 수 있어.

## 헤어지자고 말하는 습관

**제가 평소에도 홧김에 헤어지자는 말을 버릇처럼 했어요.
그래 놓고 늘 다시 잡았는데 이번에는 잡히지 않네요.
너무 냉정해요. 겨우 헤어지자는 말 한마디에
마음이 저렇게 돌아설 수 있나요?**

●●●

본인의 행동에 대해 조금 더 문제의식을 가져야 할 필요성이 있어 보인다.

홧김에 헤어지자고 내뱉는 소리를 들었을 때 어떤 기분이 드는가 하면 '잡아 달라는 거야 뭐야, 이런 식으로 사람 마음을 확인하려고 해? 이렇게 경솔한 사람이었나? 앞으로도 계속 쉽게 얘기하겠지? 이런 사람과 미래를 함께할 수는 없을 거야. 아무래도 오래 못 만나겠지.' 등의 생각이 들면서 급격히 정이 떨어지는 거야.

그러니까 헤어지자는 말은 홧김에 버릇처럼 해도 되는 종류의 것이 아니란다. 이 점을 명심하고 다음 연애에서는 같은 실수를 반복하지 않도록.

**고매력 SAY**

내가 먼저 헤어짐을 결심했을 때에는 이별의 사유를 구체적으로 명시하는 편이다. "당신의 이러이러한 부분이 실망스러웠고, 그에 대해 이러한 감정을 느끼게 되었다. 그 때문에 나와는 맞지 않는다는 결론을 내리게 되었고, 노력하겠다는 다짐도 더는 원치 않는다. 내 마음은 끝이 났다."
이별의 말을 전해야 한다는 것은 말하는 입장에서도 큰 스트레스이며 가능하다면 회피하고 싶은 부분이지만, 이별의 이유가 납득되지 않은 채로 남겨진 상대방은 긴 시간 동안 혼자 의문을 품고 괴로워한다. 하여, 최대한 냉정하게 마음을 다 전하고 돌아서는 것은 그에 대한 나의 마지막 배려다. 나로 인해 오래 괴로워할 것도 더는 원치 않으니까.

## 먼저 신뢰를 깬 후
## 후회가 될 때

전에도 제가 신뢰를 깰 만한 행동을 했지만
애인에게서 용서를 받았어요.
그런데 이번에는 너무 완강해서 받아 주지 않아요.
되돌리고 싶은데 어떻게 해야 하나요?
죽을 것 같아요.

●●●

딱 죽을 것 같겠지만 안 죽어. 그리고 차라리 죽는 게 낫겠다 싶은 후회의 시간 속에 살게 되겠지. 신뢰를 깬다는 것은 그런 거다.

그러니 앞으로는 어떤 행동을 할 때 그에 뒤따를 결과에 먼저 책임감을 느끼도록 해. 이미 저지른 일에 대해서는 뼈저린 반성의 시간을 갖도록 하고. 나도 다 그렇게 배웠으니까.

## 과거에 만났던 사람에게 흔들릴 때

최근에 이별했는데, 그보다 전에 만났던
전전 남자 친구에게서 연락이 왔어요.
막상 연락을 하니까
다시 만나 보고 싶은 생각이 들기도 해요.

●●●

그럴 수 있지. 이전에 만났던 사람을 다시 만나는 것 자체가 나쁜 건 아니지만, 그전에 순간적인 감정에 속지 말고 냉정히 판단해 볼 필요성이 있어.

단지 외롭고 적적한 마음에 누구라도 만나고 싶은데 마침 그에게 연락이 와서 급히 마음을 내어 준 건 아닌지, 그리고 그를 다시 만났을 때 정말 제대로 다시 연애를 할 수 있을지를 말이야. 분명 그와도 아닌 이유가 있으니 헤어졌던 걸 텐데, 지금 그 먼지 덮인 이유들을 네가 간과하고 있는 것은 아닌지 자문해 볼 것.

## 결혼까지 생각했던 사람을 잊을 수 있을까

'이 사람이랑은 결혼하고 싶다.'는 생각이 들 정도면
정말 나와 잘 맞는 좋은 사람이라는 뜻이잖아요.
그런 사람과 헤어져도 견뎌 낼 수 있을까요?

●●●

'이 사람과는 결혼하고 싶다.'는 마음이 드는 건, '그가 나와 정말 잘 맞는 좋은 사람이라서'라기보다는 '너무 좋기 때문에' 다른 부분은 적당히 간과한 채 넘어가고 싶은 경우가 대부분이야. 그리고 정말 다 잘 맞기만 했으면 결혼해서 잘 살았겠지, 왜 헤어졌겠어?

그래서 결론은 다 잊힌다는 거야.

## 그냥 꾼과 사랑꾼 구별법

연락이 잘 안되고 며칠씩 잠수를 타더니
결국 이렇게 끝이 났네요.
함께 있을 때는 정말 사랑꾼이었는데…

●●●

그래, 사랑꾼처럼 느껴지는 포인트가 있었을 거야. 달달했겠지. 하지만 그냥 꾼이라고 느껴지는 포인트도 분명히 있었을 거다. 평소에 연락이 잘 안 되고 잠수를 타는 부분 등 말이야. 그러나 그런 점들은 간과한 채로 넘어가고 싶었겠지. 달달한 부분만 믿고 싶으니까.

이래서 애초에 낌새가 구린 놈에게는 곁을 내어 주면 안 된다는 거야. 남자의 다정함에 속을 게 아니라, 그가 네게 얼마나 꾸준하고 성실한지를 지켜볼 것. 순간순간 다정한 건 누구나 할 수 있어.

## 헤어진 연인을 다시 붙잡을 타이밍

헤어진 연인을 잡아 본 적 있으신가요?
연락을 해 보고 싶은데 다시 연락할 시기는
언제쯤이 적당할까요?

잡아 본 적은 몇 번 있었지만 잘된 적이 없었다. 내가 아쉬운 상태에서는 아무리 잡아 봐도 상대 마음을 돌리기가 힘들더라고. 그런데 웃긴 게, 꼭 시간이 지나고 나서 미련이 없어지고 나면 그쪽에서 다시 연락이 오는 경우가 많았어. 하지만 나는 이미 미련이 없기 때문에 이제 내 쪽에서 사양이지.

헤어진 그에게 정 미련이 남는다면 다시 연락할 시기를 지금 미리 정하기보다는 일단 내 삶에 집중해서 열심히 살아 봐.

그리고 내가 '누구에게 다가가더라도 꿀리지 않고 자신 있을 모습'으로 변한 후에 다시 생각을 해 볼 것을 추천. 근데 그러고 나면 아마 '예전 그놈? 굳이?'라는 생각이 들게 될 거야.

## 이별로 인한 절망

**그와 함께 그렸던 미래가 다 무너진 것 같아서 절망스러워요.**

그 사람과 함께 그린 미래가 최선이었다고 치자. 하지만 이미 없어졌어. 그럼 차선으로 가야지. 그렇다고 죽을 거야? 그만 살 거야?

고통스럽더라도 그를 빼고 네 인생을 재설계해. 그렇게 하겠다고 다짐부터 해. 네가 필사적으로 지금 하는 생각들을 멈추지 않는다면 무너진 채로 청춘을 다 보내야 할지도 몰라. 끔찍하지 않니? 이별 후 슬픔은 오래 지속될지도 몰라. 그건 괜찮아. 하지만 절망감으로부터는 이를 악물고 빠져나와야 하는 거야.

## 상처와 트라우마에 대한 현명한 해석

이전의 관계에서 받은 상처와 트라우마 때문에
현재 만나는 사람도 믿지를 못 하겠어요.
자꾸 방어하고 싶고, 공격하고 싶어져요.

피해 의식을 버려야 해. 내가 피해자라고 생각하고 있으니까 계속 방어하고 공격하고 싶은 거야.

당했다고 생각하지 말고 배웠다고 해석해. 나라고 뭐 버림받은 적이 없고 상처받은 적이 없나? 그냥 그런 사람은 버리는 게 맞는다는 걸 배운 거야. '이런 남자는 버리는 거구나, 이런 친구는 버리는 거구나.' 그러고 나면 또 금방 좋은 사람 만나잖아. 내가 굳이 피해자를 자처하고 있어야 할 이유가 없어.

예를 들어, 나는 한 남자에게 두 번 잠수 이별을 당

한 경험이 있었어. 물론 너무나 상처였고 트라우마로 남을 뻔했지만 피해 의식에 갇혀서 모든 남자를 의심하며 살고 싶지는 않았어. 그래서 그냥 덕분에 많이 배웠다고 생각하고 앞으로는 누구를 만나든 '잠수 이별 같은 걸 당할 수도 있는 거다.'라고 받아들이는 연습을 하게 됐지.

한 번 배웠으니까 다음엔 그만큼 충격이 크지는 않을 거 아냐. 최소한 그 정도는 얻은 점이 있다고 생각하고 넘어가면 되는 일이야.

## 집착과
## 헌신의 차이

싸우고 나면 불안함에 그의 마음을 확인하고 싶어져서
연락에 더 집착하고 보채게 됐어요.
그랬더니 상대가 지쳐서 떠났네요.
헌신하다가 헌신짝 된 건가요?

●●●

아니. 본인의 불안과 애정 확인 욕구 때문에 상대방을 지치게 한 것을 '헌신했다'고 표현하는 건 아니지. 남자친구도 이별을 결정하기까지 얼마나 힘들었겠어. 사랑스럽지 않은 행동을 본인이 했으니까 결국 사랑을 잃은 거야.

그렇다고 자책에 사로잡혀 있으라는 뜻은 아니야. 다만 네 책임을 받아들이고 고쳐. '내가 불안하다고 해서 상대방에게 집착해서는 안 되는 거구나.'를 깨닫고 다음 연애에서는 같은 실수를 반복하지 않기 위해 집중해.

## 잊기 위해 발버둥 쳐서는 안 되는 이유

시간이 약이라는 말은 왜 있는 걸까요.
아닌 것 같은데.

●●●

복용법 맞춰서 꾸준히 오래 먹어야 효과를 보는 약이 있지. 시간이 더 지나야 하는 거야. 정말 사랑했던 사람과 이별하고 나서 한순간에 괜찮을 수 있는 사람은 없어. 하루빨리 괜찮아지고 싶은 마음에 발버둥을 칠수록 오히려 더 괴로워지는 게 이별이지.

차라리 '한동안은 또 그지 같겠군.'이라고 받아들이는 연습을 해 봐. 이별 과정이 수월해질 거다.

## 힘든 상황에서의 이별,
## 괜찮을까

상대방의 힘든 상황을 이겨 내려고
지금껏 노력도 많이 해 봤는데 점점 힘들고 지쳐요.
그래도 사람 힘들 때 버리면 안 된다는데,
헤어지자니 죄책감이 들어요.

●●●

쌓여 왔던 게 있었을 거야. 내가 아끼고 좋아하는 사람의 상황이 힘들어졌다고 해서 한순간에 마음이 돌아서는 게 아니더라.

처음엔 같이 싸우고 이겨 내 보려고도 하는데 너무 많은 방해 요소들이 작용하지. 상대방은 내가 원하는 만큼 전처럼 행동해 주지 않아서 답답하고, 나도 나름 노력을 하고 있는데 알아주지 않는 것 같은 서운함도 들고. 또 '나도 이렇게 힘든 걸 알고는 있나?' 하는 억울함과 보상 심리도 생겨나고, 그러면서 서로 말과 행동을 오해하게 되고 그 과정에서 불신도 생기고 빈정도 상하지. 이 모든 과정을 거치며 마음이 지치고 식게 되는 거야.

아무튼, 결론적으로 그 사람 삶의 무게를 감당할 만큼 좋아하지 않게 된 거잖아. 어쩔 수 없지. 그 관계를 위해 네가 이미 최선을 다한 거라면 더 이상 죄책감을 느낄 필요는 없어.

## 자신을 다독여 봐도
## 소용이 없을 때

'너 아니어도 난 여전히 예쁘고 멋있다'며
나를 위로해 왔는데 한순간에 무너지는 기분이에요.
아무것도 위로가 되지 않아요.

●●●

자연스러운 일이야. 사랑했던 사람이 떠났는데 전혀 하나도 힘들지 않고 '난 예쁘고 멋있으니까 다른 사람 또 만나면 돼. 흥.' 이게 바로 되는 게 이상한 거지. 그 시간을 부정하지 않고 모두 받아들이고 나면 그제야 조금씩 가벼워질 거야.

내가 아무리 예쁘고 잘났어도, 마음이 무너지는 순간은 늘 찾아와. 사람이 다 그렇고 마음이 다 그래. 많이 울어. 아무것도 위로가 되지 않을 땐 아무것도 널 위로하도록 두지 마. 너는 너만이 일으켜 세울 수 있는 거야.

# 현명한 거절

**상대방에게 최대한 적게 상처 주면서 거절하는 방법이 있을까요?**

●●●

상처 주기 싫다는 생각을 가지고서는 무엇도 제대로 끊어내지 못하고 거절하지 못해.

그냥 상처를 받든지 말든지 확실하게 잘라서 애초에 여지를 주지 않는 게 길게 봤을 땐 오히려 배려라고 할 수 있지. 입장 바뀌어 보니까 확실하게 안 끊는 사람이 더 잔인하고 오래 아프게 하던데?

## ‘왜?’ 의문이 멈추지 않아 괴로운 날

나한테 왜 그랬는지 도저히 모르겠어요.
계속 ‘왜’냐고 묻게 돼요.

●●●

넌 아직 못 받아들이고 있는 거야. 나도 사랑받아야 하는 여자인데, 패대기쳐졌다는 사실을 인정하기가 힘들겠지. 하지만 네가 그의 마음에 자꾸 여지를 주고 면죄부를 줄수록 미련은 길어져.

‘이래서 저랬을까, 저래서 그랬을까’ 답도 없는 고민을 하면서 너만 주야장천 괴롭지. ‘아, 그놈은 날 좋아하지 않았군. 나도 어디서는 버림받고 외면도 받는구나. 그래, 어떻게 모든 사람에게 사랑을 받겠어.’ 하고 내려놓고 나면 그때부터 편해지기 시작할 거야.

## 남은 마음을 전하고 싶다면

사실은 보고 싶어요.
보고 싶다고 하면 추해질까 봐 참고 있었는데,
더 이상 못 참겠어요.
당장이라도 보고 싶다고 연락할 것만 같은데,
참아야 하는 건지 모르겠어요.

●●●

이별 자체보다 더 고통스러운 건, 감정을 억누른 채로 참아야 한다는 거야.

감정이란 건 부정하고 참는다고 해소가 되지 않아. 가슴팍에 응집해서 소리 없이 조용히 썩어 가는데 그게 너무 조용해서 심지어는 나 자신도 몰라. 그런데 네게서 "이제 더 이상은 못 참겠어요."라는 말이 나왔다는 건, 네 마음도 이제 위험 신호를 보내고 있다는 거지.

"보고 싶어. 사실은 아직도 당신을 사랑하고 있어." 라는 말을 전했다가 거절을 당하게 되면 물론 비참할 거야. 다 끝났다는 사람을 붙잡고 매달리는 거, 그래, 너무 구질구질한 일이지. 그런데 그 구질구질한 것도 하나의 과정이더라. 심지어는 그게 이별 속성 과정이야. 무슨 말이냐 하면, 처절하도록 구질구질하게 붙잡고 매달려도 보고 했을 때 그나마 마음속 응어리를 한 덩이 덜어 낼 수 있다는 뜻이지.

그 사람은 널 다시 사랑하지 않을 거야. 돌아오는 대답은 당연히 "NO"일 거다. 그래도 네 마음을 전해. 추해도 괜찮아. 구질구질해도 괜찮아. 그를 위해서 네 마음을 전하라는 게 아냐. 널 위해서 해. 고통의 덩어리를 던져 버린다는 생각으로.

참고로 나에게는 아직 마음이 남았는데 이별이어야만 할 때, 나는 이렇게 마음을 먹곤 해. '나는 자존심이 없다. 난 그런 거 모른다. 지금 나에게는 사랑만 있다. 네놈이 날 받아 주지 않아도 상관없다. 네가 뭐라고 하든 나는 이 마음을 너에게 집어 던지고, 너를 잊을 거다.' 그리고 세상 가장 구질구질한 모습으로 "보고 싶어, 생각이 나, 사랑하고 있어."라고 말하지. 어때, 구질구질하긴 한데 뭔가 멋지지 않아?

## 함께하자고 했던
## 약속들에 생기는 미련

**이것저것 함께하고 싶다고,**
**여기저기 같이 가자고 그가 우리의 미래에 대해서**
**말했던 것들이 자꾸 생각나요.**

●●●

남자의 미래형 시제에 얽매이지 말 것. "~하자, ~가자. ~해 줄게."라는 남자의 약속을 믿지 마.

물론 남자가 그 말을 하는 순간은 진심일 수 있어. 그럼 너도 그 순간에는 감동해. 하지만 그 말을 집까지 가져와서 두고두고 꺼내 보지는 마. '~하자고 했는데, ~가자고 했는데, ~해 준다고 약속했는데…' 그의 약속을 곱씹지 마.

남자의 약속을 믿지 말고 지금, 그 순간 남자의 행동만 봐라. "행복하게 해 줄게."라는 약속을 믿지 말고 지금 그놈이 너를 행복하게 해 주고 있는가, 그러려고 노력하고 있는가, 너를 웃게 하는가를 보란 말이야.

진짜 멋진 남자는 현재형으로 말하며 바로 실천에 옮기거나 현재 진행형으로 이미 그렇게 행동하는 사람이야.

## 이기고 싶다는 마음

헤어지자는 말은 제가 했으니까
제가 이긴 거겠죠?

●●●

'내가 이긴 거겠지?'라는 의문 자체가 내가 상처를 받았기 때문에, 이미 상한 자존심을 회복하려는 마음에 생겨나는 것이거든? 연애나 이별을 이기고 지는 문제로 생각하면 비참함을 느끼게 되는 거야.

그러니까 이겼다거나 졌다고 생각하지 말고 '그저 사랑을 했을 뿐'이라고 생각하는 게 좋아. 내게 있는 아름다운 마음을 주었을 뿐이라고 말이야.

## 만난 횟수가 적음에도 잊지 못하는 이유

겨우 두 번 봤어요. 그런데 잊지를 못하겠어요.
제가 이상한 것 같아요.

일 년을 만나고도 마음을 반밖에 주지 못한 사람이 있는가 하면, 한 번을 만나고도 잊히지 않는 사람도 있지. 딱히 추억이랄 것도 없는 그와의 시간, 그날로, 그곳으로. 기억을 되감고, 되감고, 되감는 거야. 그냥 사랑일 뿐이야. 네가 이상한 게 아니야.

## 현재의 사람과 이전 사람이 오버랩 될 때

소개팅도 하고 새로운 사람을 만나면서도
이전에 만났던 사람이 자꾸 겹치고 생각나요.
미련스럽게 말이에요. 저만 이러는 건가요?

이별 후 다른 사람과 연락을 주고받기 시작했을 때였을 거야. 길을 걸으며 문득 궁금했던 적이 있었지. "나 홀로 궁상 떠는 건가, 아니면 다들 잊지 못한 한 사람 정도씩은 가슴에 품고서 또 아무렇지 않은 척 새로운 사람을 만나 '마음에 들어요, 좋아해요, 보고 싶어요.' 라고 말하는 걸까."

이전에 만났던 사람이 생각나고 그리운 것 같기도 하면서 현재의 사람과 오버랩 되는 시간은, 이별 후 모두에게 찾아오는 자연스러운 현상이 아닐까?

## 성격 차이로 인한 이별

**성격 차이로 헤어진다는 말이
이해가 잘 안 돼요.**

●●●

애초에 성격이 맞아서 만나는 경우는 몇 안 돼. 맞지 않는 부분을 누군가가 맞추고 있는 거지. 좋아하는 만큼, 사랑하는 만큼, 아쉬운 만큼.

성격 차이란, 어느 한쪽에서 더 크게 희생하려 하지 않을 때 비로소 생겨나지. 자존심이나 가치관 등의 문제가 걸리기 시작하고, 더 이상 물러설 수 없는 신념이 대립할 때. 그래도 어느 한쪽에서는 양보를 해야 균형이 맞는 건데 그 누구도 더 양보할 생각이 없을 때 비로소 성격 차이로 헤어진다는 말이 나오는 거야.

## 막연히 날 떠나지 않을까 불안할 때

분명히 잘 만나고 있는데도
그가 날 떠나지 않을까 계속 불안해져요.

누구를 만나도 나를 떠나지 않을까 불안하고 그 사람과 헤어지게 될 것을 습관적으로 두려워하는 경향이 있다면, 타인과의 헤어짐을 두려워하게 만든 구체적인 사건이 있었는지 돌아보길 바란다.

처음으로 누군가와 헤어졌을 때 크게 상실감을 느낀 기억이 있을 거야. 어렸을 적 부모님과 헤어졌다거나, 믿었던 친구에게서 배신을 당했거나, 연인에게 처음으로 버림받았던 일 등. 그런 경우엔 나를 불안하게 만든 근원이 무엇인지 확인하고 받아들이는 것이 도움이 되지.

'내가 그 사건으로 인해서 마음에 불안이 생겼구나. 또 누군가 나를 떠날까 봐 두려워하는 마음에 이런 행동들을 하게 되는구나.'라는 것을 깨닫고 그때 상처받은 마음을 달래 주어야 해.

불안해하는 나에게 '그 사람이 떠났다는 것이 모든 사람이 나를 떠난다는 것을 의미하지는 않는다'고 말해줘. 그렇지 않으면 계속 타인을 통제하려 애쓰거나 불안해하고 집착하며 관계를 피곤하게 만들게 된다.

나를 떠날까 봐 불안해서 하는 행동들이 결과적으로는 정말 나를 떠나고 싶도록 만드는 꼴이 되는 거야.

## 순간의 진심과 한순간의 변심

이렇게 될 줄은 몰랐어요.
그가 하는 말을 다 믿었어요.
정말이지 그에게서 알 수 없는 진심을 느꼈어요.

●●●

사람 변심 한순간이다. 그가 하는 말을 믿을 게 아니라 순간순간 행동에서 나오는 그의 마음을 읽어야 하는 거야. 하지만 또 그다음 순간에는 마음이 어디로 튈지 몰라. 너에게 미사여구를 날리고 호감을 표시했던 그 순간은 진심이었을 수도 있어. 하지만 어떤 이유에선가 마음이 식거나 변했겠지.

그냥 갑자기 마음이 변하고, 흥미를 잃고, 연락을 끊는 사람들도 있는 거야. 앞으로도 있을 거야. 네가 부족하고 못난 사람이라서가 아니라 모두에게 있는 일이야.

고매력 SAY

**순간의 진심에 관하여**

1. 상대방이 사랑스러워 보이는 마음을 그대로 표현한다.
2. 함께하고 싶은 것이나 가고 싶은 곳들을 계획한다.
3. 막상 일상으로 돌아오고 나면 그보다 중요하고, 생각해야 할 것들이 많아지며
4. 내가 했던 말들과 약속 자체를 잊어버리기도 한다.
5. 상대방이 나 때문에 기대에 부풀어 있음을 깨닫지 못하는 경우가 많으며
6. 깨닫는다고 해도 크게 신경이 쓰이지 않는다.
7. '그땐 진심이었지만 어느 순간 아닌 게 됐어. 미안해.'라는 심정으로
8. 만신창이가 된 상대방을 내버려 둔 채 일상을 산다.
9. 그렇지만 그땐 정말 진심이었다.

## 헤어진 사람과의 연락에 헷갈릴 때

**헤어질 때 냉정했던 사람에게 오랜만에 연락을 해 봤는데 반갑게 답장이 와서 혼란스러워요.**

●●●

반가웠을 거야. 그 순간엔. 외로웠을 수도 있지. 새로 사귄 사람과 싸운 상태였다거나, 일상에 권태를 느끼던 와중에 너의 연락이 신선하게 느껴졌을 수도 있어.

그런데 그 반가움이 얼마나 갈 것 같니? 보통 헤어진 애인에게 연락이 왔을 때, 그 순간 마침 심심하거나 외로웠다면 반갑게 답장도 해 주고 안부도 묻지만 금세 염증을 느끼고 하루 이틀 만에 씹게 되지. 그렇게 일상으로 돌아가는 거야. 헤어진 연인의 연락이란 게 그래. 잠시 잠깐의 새로운 자극일 뿐이야.

헛물켜지 말자. 다시 한번 말하지만, 너를 망치는 건 그가 아니라 뭐다?

너의 기대다.

**괜찮다고 말하기 전에**

**초판 1쇄 발행** 2018년 6월 30일
**초판 4쇄 발행** 2018년 8월 15일

**지은이** 고매력
**펴낸이** 안종남

**펴낸 곳** 지식인하우스
**출판등록** 2011년 3월 31일 제 2011-000058호
**주소** 03925 서울시 마포구 월드컵북로400(상암동) 문화콘텐츠센터 5층 5호
**전화** 02)6082-1070
**팩스** 02)6082-1035
**전자우편** jsinbook@naver.com
**블로그** blog.naver.com/jsinbook

ISBN 979-11-85959-59-7 03810

* 이 책은 저작권법에 따라 보호받는 저작물이므로 무단전재와 무단복제를 금합니다.
* 파손된 책은 구입하신 서점에서 교환해 드립니다.
* 책 값은 뒤 표지에 있습니다.